魔王と子づくり♥

山口 陽
illustration©あいざわひろし

えすかれ
美少女文庫
FRANCE SHOIN

オープニング　いきなり魔界召喚　7
I 魔王命令　余を孕ませるのだ！　18
II 主従淫宴　ダークエルフの陥落　91
III 勇者昇天　快感に負けちゃった　150

Ⅳ 三者競艶 アナタの××に大夢中 208
Ⅴ 世界統一？ ボテ腹ハレーム 264
エンディング 魔王とラブラブ 307

オープニング　いきなり魔界召喚

「…………？」

聞き慣れない物音が聞こえたような気がした。

安眠を妨げる音が気になって、今泉《いまいずみ》徹《とおる》はうっすらと瞼を開いた。

寝惚け眼で、視界が若干ぼやけて見える。

「……人、か？」

少し離れた場所で、二人の人物が相対していた。

寝起きのうえ薄暗いおかげでよく見えない。

体を起こして、目を凝らす。次第に意識がはっきりしてきたおかげで音は大きく、いっそう勢いを増して聞こえてきた。

ガギィィンッ……と、まるで鉄と鉄がぶつかり合うような、刃物で斬り合いをしているような音だ。

（電源、切り忘れてたかな……）

就寝直前まで遊んでいた携帯ゲームの音だろうと推測するが、それらしきものは見当たらない。

そもそも、音が響いてくるのはそんな近くからではなかった。

視線を上げ、思わず我が目を疑った。

「……え？」

なにがなんだか、よくわからなかった。

焦点が定まって視界が良好になると、その先には女性が二人。

しかも両者は武装しており、間違いなく斬り合いをしていた。

「はぁあああっ！」

「いい加減、諦めろっ！」

気合一閃。

ひときわ大きな金切音が聞こえてくる。

殺気をこめて鍔迫り合う。

状況は理解できないが、彼女たちの出で立ちは対照的だ。

小柄でほっそりとしたその身に白銀の鎧を纏い、身の丈ほどもある大剣を軽々しく振り回していた。

淡い金髪のツインテールに、やや丸みを帯びた可愛らしい顔立ち。現状では望むべくもないが、幼ささえ感じられる容姿は、笑顔がとてもよく似合いそうだ。

「まだまだぁあっ!!」

「くっ……!」

その外見からは想像もできないような力で押しきり、自分よりもひとまわり以上も長身の相手を強引に跳び退かせる。

距離を取った相手は、金属製の胸当てや篭手など、要所に防具を纏ってはいるものの、下半身は短いタイトなスカートといった比較的身軽な装備だ。

そして手にはククリ刀のような湾刀が両手に握られていた。

大剣で一撃必殺の相手に対して、彼女はスピードを生かした手数で相対していた。単純な腕力では分が悪いらしく、烈火の如く襲いかかる斬撃をいなしきれず、時折双剣で受け止めては後退させられている。

緩やかなウェーブのかかった長い銀髪を閃かせ、褐色肌で整った顔立ちは間違いなく美人にカテゴライズされるだろう。ただし、異様なほど殺気立っているおかげで、見惚れるよりも恐怖心が先に芽生えてしまう。

それでも男の性《さが》というべきか、首より下は女性としての成熟を誇示するかのように、細身ながらも豊かに実った胸元を覗かせ、胸当てに押さえつけられているのがハッキリと見て取れる。

さらにスカートの裾から覗く太腿にも、つい視線を向けてしまう。

「ふむ……さすがのライムでもあやつを抑えきれんか」

戦っている彼女たちに気を取られて気づかなかったが、徹の傍らに立って冷静に戦闘を眺めている漆黒の外套を纏った女性がいた。

「……………」

腰まで伸びているロングストレートの艶やかな黒髪。切れ長の真紅の瞳に細い眉、くっきりとした睫毛は長い。端整な顔立ちで、落ち着いた物腰で斬り合いを繰り広げている二人を眺めている姿は、ただ佇んでいるだけだというのに、圧倒的な存在感を放っていた。

そして彼女の側頭部には羊角のようなものが生えている。その姿はまるでゲームや漫画に登場するような、悪魔や魔王を連想させた。

しかし徹にとってはそれ以上に驚愕させられるものがあった。

彼女の美貌から少し視線を下げれば、桁外れの質量を誇るバストが視界に飛びこんでくる。そのうえ胸元からお臍にかけて大胆に開かれ、スピンドルが施されているものの、雪のように白いたわわな果実がこぼれ落ちてしまいそうだった。

魅惑の乳肌に釘付けになり、あと少しでも布地がずれれば乳首が見えるのではないかと、半ば反射的に期待してしまう。

ラバーやレザーのようなぴっちりとした生地がボディラインを浮き彫りにしており、括れた腰からヒップへと優美な曲線を描いていた。

一見するとボディコンのようなヒップを覆うギリギリの丈で、肉付きのよい太腿が露わになっている。

ゴクリッと、堪らず喉が鳴る。

「……ん?」

その音が聞こえたらしく、立派なお胸様を携えた女性が徹に振り返る。

目が合っただけで、胸のうちがこれまで感じたことないほどに高鳴る。

まさに理想的な女性だった。

徹にとって、これ以上ないというほど好みのタイプだ。

だからこそ気づいた。

否、気づいてしまったのだ。

——徹が今、夢の中にいるということを。

これは夢を見ながら、自分が夢を見ていると自覚する明晰夢という現象だ。

最近、時間さえあれば美少女ゲームばかりプレイしていたこともあって、頭のなかが煩悩まみれになっていたのだろう。

眼前に佇む悩殺ボディの美女が、それを象徴していた。

そもそも、徹は自室で眠っていたのだ。

薄暗い石造りの広間で、美少女が戦いを繰り広げているなど、考えるまでもないことだった。

「はぁ～……」

夢だと自覚してしまったことで、高揚感があっという間に鎮火してしまった。

これは夢なのだから、目の前の美女になにをしてもいいという考えも頭を過ぎったが、所詮は夢。そんな行動は虚しいだけだと思えてしまう。

(よっぽど溜まってるのか、俺……?)

美少女ゲーム漬けの生活を送っていて、飢えているのは否定できないが、まさか夢の中まで煩悩全開になってしまうとは思ってもいなかった。

こんな悶々とするような夢ばかり見ていたら、いつか夢精してしまうかもしれない。

それはさすがに恥ずかしいと、徹は少しでも早く自分が目覚めるようにと願いながら、美女に背を向けて横になる。

「おい、なにをしておる」

「あ～、さすがは夢。積極的に話しかけてくるよ……願望が見せてるだけあって、夢は御都合しゅ――ぎぃいいいいいっ⁉」

　すると突然、後ろから襟首をつかまれたかと思うと、女性とは思えない力で一気につかみ上げられてしまった。

「なにをブツブツ言っておるのだ……余を無視するでない」

「なっ……ちょっ、でぇえええええっ⁉」

　思わず絶叫する徹。

　ありえないことが起こっていた。

　これは夢の中だと、そう判断したからこそ、徹はあえてなにもしないという選択肢を選んだ。

　ところが、謎の美女に、強引につかまれたことで痛みが生じた。

　この状況が夢であるなら、痛みなど感じるはずがないのだ。

　眠っている本体がベッドから落ちたり、手足をぶつけたことで痛みが生じたとすれば、さすがに目を醒ますだろう。

　つかまれている感触がはっきりと伝わってくることこそ、あまりにも不自然だった。

「いきなりのことで驚いておるようだが、ちと落ち着け」

　取り乱す徹をつかみながら、冷静な口調で呟く。

　非現実的だと言い聞かせようにも、伝わってくる鈍い痛みはあまりにもリアル。

否定する根拠にはなりえない。またそうなると、前方で激しくぶつかり合っている彼女たちも現実の光景ということになる。

ろくに運動することもない徹からしてみれば、彼女たちの剣捌きはまさに閃光のように見えた。それらがぶつかり合い、小さな火花を散らしていた。

耳を打つ剣戟は、ハッキリと振動と共に徹に届く。

あまりに現実味を帯びた感覚だが、その光景はまるでアニメや漫画の世界。

やはり夢なのではという考えも、捨てきれなかった。

「あっ……！」

すると、徹の絶叫が聞こえたらしく、甲冑を纏って大剣を振り回していた金髪少女がこちらに気づいた。

「どうやら、上手くいったようだが……あんなヤツが本当に——？」

なにやら腑に落ちないという顔をする褐色肌の女性。しかしそれ以上に、徹はこの状況を理解できないでいる。

「そういうことだったんだね」

金髪少女は跳び退いて距離を取ると、キッと徹をつかんでいる美女を睨みつけた。

「ほう……余の狙いに気づいたか？」

感心するかのように、不敵な笑みを浮かべる。

「卑怯者っ！　旗色が悪くなったからって人質だなんて……っ!!」

「……余の勘違いだったか、背が低いと想像力も貧困なのかのう」

「なっ、なんだってぇええ!!」

わざとらしいほど呆れてみせるその仕草に、金髪少女が大声を上げる。

「善と悪、敵と味方……なぜそのような明確な線を引こうとする？　想像しろ……未来を予測し、なぜ余が行動を起こしたのかを」

「知らないよ、そんなことっ！　これ以上魔王軍を野放しにしないために、ボクはここにいるんだから！」

一切聞く耳など持たないと言わんばかりに、大剣を握り締める金髪少女。

「よいのか？　こちらばかり気にして……」

「なにを……っ!?　し、しまっ――!!」

徹のせいで意識が散漫になっていたのか、彼女のすぐ横に褐色肌の女性が肉薄していた。慌てて体勢を整えようとするが、もはや手遅れ。

「遅いっ！」

突き出されたのは双剣ではなく掌底。しかし、それが金髪少女の甲冑に叩きこまれると同時に閃光が弾けた。

「あがっ……!!」

掌底から生み出された閃光によって、彼女の体が勢いよく吹き飛ばされ、壁に激突してそのまま倒れこんでしまった。

まだ意識はあるようだが、衝撃によって受けたダメージは半端なものではなく、起き上がることもままならない。

「余所見などしおってからに……ご苦労だったな、ライム」

「いえ……ここまでパトリシアの侵入を許してしまったのは自分の責任です」

ライムと呼ばれた褐色肌の女性は膝をつき、恭しく頭を下げる。

「気にするでない、お前はよくやってくれている」

「勿体ないお言葉……ところで、この者がエミリア様の探していた……？」

「ああ、これで準備は整った。あとは――」

徹を見つめながら、ニヤリと笑みを浮かべる。

そして、事情がまるで理解できない徹は、ただ困惑することしかできなかった。

I 魔王命令 余を孕ませるのだ！

風格を漂わせる扉が重々しく開くと、広々とした大部屋に通された。

徹が先ほどまでいた薄暗い広間とは違い、灯りがあって派手な装飾を施されたいかにも豪奢な造りだった。

映画などで見かける中世の城の謁見の間がこれに近いだろう。

そして扉の左右には、屈強そうな数名の男たちがひざまずいて待ち構えていた。

依然として状況が理解できない徹は、その光景にただ圧倒されるばかり。

しかも彼らは、値踏みするかのように徹のことをジッと見つめていた。

思わずビクついてしまうが、ここであることに気がついた。

ひざまずいている彼らは、あきらかに徹と体の造りが違うのだ。

肌が赤色や青色だったり、筋肉の発達が異常で腕など胴回りよりも太かったりと、それでも遠目から見れば人に見えなくもないのだが、頭の左右に角が生えていたり、額に目玉がついていたりと、どう見ても人外の者だろう。

前を歩くエミリアと呼ばれた美女にも羊角が生えていて、ライムと呼ばれた女性の耳も長く尖っていた。

落ち着かずにまわりをキョロキョロと見回しながら彼らにひざまずかれ、眩いばかりに磨かれた石床に敷かれた赤絨毯を歩く。

そしてその先には、無人の玉座があった。

玉座の前まで辿り着くと、不意にライムに制止された。

徹は足を止めるが、エミリアはそのまま歩を進め、ゆっくりと玉座に腰を下ろした。

「さてと、なにから話すべきか……」

白く長い脚を組み、妖艶な雰囲気を漂わせながらも威厳をたたえるような面持ちで、徹を見下ろす。

先のパトリシアと呼ばれた金髪少女との会話と、周囲の反応から察するに目の前の美女が〝魔王〟ということになる。

俗なイメージだと自覚はしているものの、魔王の城というと古く寂れた古城といった先入観があったのだが、まるで真逆だ。

他にも色々と思うところはある。しかし、この状況で徹が一番気にかけるべきなのはそこではない。

「えっと……と、とりあえず、ここは……どこなんだ？」

徹は昨夜、間違いなく自室で眠っていたはずだ。

「貴様、エミリア様にその口の利き方はなんだっ!?」

「うぁあっ!?」

徹の言葉遣いに突然ライムが激昂し、首筋に白銀のナイフを押し当ててきた。

彼女がどこまで本気なのか、それは定かではないが、ひんやりとした刃物の感触に堪らず萎縮してしまう。

「も、もうしわけ……ありません。こ、ここは……どこなのでしょうか……？」

魔王に対してタメ口など、いくら状況を理解していないとはいえ、不敬罪ものだ。

改めて言い直す。

「ライム、脅かすでない。余はいっこうに構わん」

「出すぎた真似を……申しわけありません」

ナイフを下ろし、深々と頭を下げるライム。

「悪かったな、許してやってくれ」

「いや、そんなっ……俺——じゃない、私の方こそ……無礼をお許し下さい」

慌てて、思いつく限り丁寧な言葉使いを心がける。

「無理をするな。話しやすいようにしてくればよい」

「は、はぁ……わかりま——わ、わかったよ」

物々しい口調をしている割に、意外と寛容な魔王様らしい。

さすがに二度も言われてしまっては、なれない敬語を使う方が失礼だろう。

隣に立っているライムの視線は痛いが、無理はしないことにした。

「うむ、それでお主が——そういえば、まだ名を聞いていなかったな」

本題に入る前に、まだお互いに名乗ってもいないことに気がついた。

(口調はともかく、妙に親しみやすい魔王様だな……)

「余はエミリア・キングダム。すでに気づいているとは思うが、この魔界を統《す》べる王だ。そしてお主の隣にいるのが余の右腕——」

「ライム・イポトンだ。私はまだお前を認めたわけではないからな」

比較的フランクな魔王様に比べて、その側近ははっきりと徹を敵視していた。

先ほどの無礼な態度が気に入らないにしても、異様なほど殺気を発している。

「お、俺は今泉徹……なにがなんだかわからずに、混乱してます」

紹介されたのはエミリアとライムの二人だけ。

周囲でひざまずいている彼らを紹介するつもりはないらしい。

とりあえず、二人以外は徹と関わることはないということなのだろう。

徹としても、異形の彼らを紹介されたところで、どのような反応を返せばいいのかわからない。ある意味助かったとさえ思えた。

「ではトオル……先の質問についてだが、ここは魔界だ。お主が住んでいた世界とは異なる世界ということになる」

「魔界……ねぇ」

素直には受け入れ難いというのが正直なところではあるが、先の戦闘でも見て取れたように彼女たちの動きはあきらかに常人離れしていたうえ、ライムに至っては手からZ戦士の如き光線を発していた。

目の前で起きた現象ということもあり、CGでは説明がつかない。

最初は、大がかりなドッキリではないかと疑いもしたものの、徹にこんなことをして愉しむような相手もいなければ心当たりもない。

突拍子もない出来事であることは重々理解しているつもりだが、この状況を否定するだけの根拠がなにも見つからないのだ。

こうなると、いかに非科学的であろうとも、信じないわけにはいかない。

「……それで、どうして俺はこんなところに？」

起きたら見知らぬ場所にいたというのも非常に問題ではあるが、そもそもこんな場所に連れてこられた理由など、見当もつかない。

エミリアが魔王ということから、なにかしらの儀式の生贄に呼ばれたのかもしれないとも考えたが、妙なほど丁重に扱われている。

第一、彼女から畏怖を微塵も感じない。

「なに、余にはトオルが……お主の力が必要だったのだよ」

「お、俺の……力？」

「地下での一件のように、人間は我ら魔族を悪と決めつけ、頻繁に攻めてくるのだ」

「あっ……そういえば、さっきの金髪の——パトリシアだっけ？　あの娘はどうなったんだ？」

不意打ち気味にライムの一撃を受けて、倒壊した瓦礫の下敷きになってしまった。

普通の人間であれば、充分に命を落としかねない。

「問題ない。あの程度で死ぬほど柔ではない。とりあえず、再び暴れられては厄介なので、地下牢に押しこめてはいるがな。……一応付け加えておくと、我々は奴が攻撃を仕掛けてきたから迎撃しただけなのだ」

「それだけ、彼女にとって見過ごせないことをしてたんじゃないのか？」

魔王の城に単身乗りこむほどの人物で、神々しいまでの鎧を身に纏っていたパトリシア。ＲＰＧ的に推測すれば、彼女は人間の英雄で勇者と呼ばれる立場である可能性が高い。そんな人物が危惧しているとなれば、エミリアたちがやましいことを企てていたと考えるのが妥当だろう。
「一部の無法者のせいで、魔族全体が悪だと思われるのは心外だな」
軽く頭に手を当てながら、深いため息を吐くエミリア。
「……というと？」
「我々は戦うことは好きだが、弱い人間を襲って悦に入るような下衆ではない」
人間を襲うつもりがないというのは、あまりにも魔王らしくない発言だが、徹には
エミリアが嘘をついているようには見えなかった。
端的なイメージとして、魔王というものは恐怖で世界を支配していそうなものだが、
彼女からはそんな雰囲気はまるで感じられない。
万が一徹が儀式の生贄として連れてこられたのだとしても、そんなことをわざわざ
話す必要はないのだ。
本当に、なにかしらの協力を仰ごうとしているように思えて仕方がなかった。
確かに先入観で、魔族は人間を脅かす存在だと思いこんでいる節はある。
しかしそれが本当に、ごく一部のならず者だけだとすれば、エミリアたちにとって
は迷惑千万な話である。これに似たような事例なら、徹にも心当たりがあった。
例えば、殺人を犯した少年の部屋から残虐性のある漫画・ゲームが見つかれば、メ
ディアはそれらを悪と決めつけたような報道をする。最悪の場合、それらを淘汰しよ

う と世の中が動き出すのだから恐ろしい。

罪を犯したのは、その少年に心の闇が存在していたのであって、決して漫画やゲーム全体が悪いわけではないのだ。

こちらの世界にしても、影響力のある人間が一部の魔族しか知らないにもかかわらず、すべての魔族が悪だと触れ回り、その結果としてエミリアたちも忌み嫌うべき存在として認知されてしまったのだろう。

「そういうことなら一応納得はできたけど……俺なんかが必要な理由は？」

すべてエミリアの言う通りだとして、専守防衛に徹の必要性など皆無。

喧嘩ですらまともにしたことがないというのに、パトリシアのような超人じみた人間を相手に立ち回れるはずもない。

正直、三秒と足止めできる自信もなかった。

まず間違いなく、瞬殺されるだろう。

「先ほども言った通り、トオルの力が必要なのだ。そのために、余が莫大な魔力を消費して異界より召喚したのだからな」

「いまいちよくわからないんだが……」

勇者だの魔王だの、魔法だの召喚だのという単語は、すべて物語の中でしか触れることのなかった徹にとって、エミリアの苦労を推し量ることはできない。

ただ、話を聞く限りでは相当大がかりなものだったようだ。

そこまでして徹を求める理由は――やはり、皆目見当もつかない。

(いや、まてよ……)

腕っ節だけでなく、頭の回転もそれほど良好とはいえない徹。そんな自分が必要とされる理由こそ思い当たらないものの、なんとか憶測を立てることならできる。

召喚など、そんな漫画のようなことが――と思う一方で、すでにこの状況が漫画の設定以外のなにものでもない。

(まさか本当に俺には彼女が求めるような力があるのか? 俺の潜在能力を見抜いて、魔界に召喚した――とか?)

それ以外の理由が思いつかない。

「つまりなんだ……俺にはあんたたちを救う力があると?」

「まあ、概ねその通りだ」

魔王と讃えられるエミリアから太鼓判を捺《お》されたということは、ますますもって徹に神がかり的な力が隠されているとみて間違いなさそうだ。

(い、いったい俺にどんな能力が……? 例えばどんな武器でも自由自在に扱えるようになったり、信じる心が力になって伝説の火や水や風の剣が扱えたり、七人の仲間を集めて聖獣を召喚してみたり、オーラがロードだったりするんだろうか……)

まるで本当に漫画の主人公になってしまったような気になってしまう。

同じ人間と戦う側に属することになってしまうが、ここは徹が暮らしていた世界ではない。本当にエミリアの言う通り、魔族に侵略の意思がないのかもしれない。

もっとも、この世界に関する知識を持ち合わせていない徹には、彼女たちと手を組む以外の選択肢はない。善悪も重要ではあるが、特に今は自分自身の隠された力の正体がなんであるのか、気になって仕方がなかった。

「お待ち下さい」

するとこれまで静かにひざまずいているだけだった家臣の一人が立ち上がった。

「どうした？」

「恐れながら、この者がエミリア様が望むほどの力を有しているとはとても……」

「ほう、余の見立てが間違いであると……して、その根拠は？」

前に出た家臣の一人が、左耳に取りつけている小型の機械を操作しながら、モノクルのような半透明のスクリーンを通して徹を見据える。

（す、〇カウター……っ!?）

「はい……先ほどから計測していますが、徹なる者の能力値は五〇〇〇程度——我が軍のカーデス殿と比べるまでもないものと……」

さすがに真っ向から魔王様に意見するのは躊躇《ためら》われるのか、外見だけならエミリアよりもよっぽど屈強そうな家臣が、彼女の機嫌を損ねはしないかと時折言葉を詰まらせながら意見を述べる。その数値が高いのか低いのか、徹にはわからない。しかし、彼が疑問を持つのも仕方がないだろう。

外見は中肉中背で、彼らと比べるまでもない。その隠された力とやらが開眼しないことには、徹自身も本心からエミリアを信用することができない。

「ふむ……カーデスも、同意見か？」

「……はい。突然異界に召喚されたことで困惑し、萎縮しているのだとしても能力値が約五〇〇〇というのは、あまりにも低いかと……。魔王軍一の能力値を有するこの我輩──カーデスも納得できませせぬ」

カーデスと名乗った魔族は、これでもかというほどに筋骨隆々とした体つきで、彼の肉体と比べると徹の体なんて、モヤシ──否、カイワレ大根以下。

軽く触れられただけで、簡単に吹き飛ばされてしまいそうだ。

エミリアの言葉で気をよくしていたが、改めて彼らと自分の体型を比べると、とてもではないが太刀打ちできるとは思えなくなってきた。

特に、カーデスは魔王軍一だというのだから、納得できなくて当然だろう。

「確かに、皆の疑問ももっともだろう……ならば、実践して見せてやろう」

「ちょっ……!?　い、いきなり実践って言われたって……!!」

エミリアは自信満々に、カーデスたちに見る目がないとでも言いたげな様子で玉座から見下ろしていた。

しかし、当の本人はそんな余裕などありはしない。

唐突に実践と言われても、徹は自分の能力を知らない。

こんな状態で、誰かと戦わされでもすれば、間違いなく瞬殺される。

「ライムも、トオルの力には半信半疑のようだな。それならちょうどよい……お主がトオルの相手をしてやるがよい」

「なっ……!?」

「不服か？」

「いえ……エミリア様の御命令とあれば……」

なにやらとんとん拍子で話が進んでしまう。

先の一件でライムの実力は目にしている。確実に、徹の命運は尽きたと言っても過言ではないだろう。もっとも、誰が相手になったとしても同じ結果であることは間違いないだろうが。

本人は了解もしていないというのに、すっかりその気になってしまったライム。

ジッとこちらを見据え、一気に距離を詰めてきた。

眼前にライムの顔が迫る。

母親以外で、これほど女性と接近した記憶はない。
しかもそれが美人ともなれば、胸を高鳴らせずにはいられなかっただろう。
だが、それはあくまでも平時の場合である。
死ぬかもしれないという極限の状況下で、そんな気分に浸れるほど神経は太くない。
逃げなければ確実に殺されるというのに、まるで根が張ったように脚が動かない。
「じ、冗談だろ？　いきなりそんなこ——んぉおっ⁉」
ライムの手が徹の体に触れた。
かつてないほどの勢いで心臓が跳ね上がり、絶望感に支配されかけた次の瞬間——
下腹部から鮮烈な刺激が脳天を駆け抜けた。
突き出された手が徹の股間をつかんでいた。
一瞬、握り潰されるのではと戦慄したものの、一向にその気配はない。
それどころか、そのままズボン越しに股間を摩りはじめた。
「くっ……まさかこんなことになるとは」
その卑猥な行為とは裏腹に、エミリアに背を向けた状態で徹の股間を愛撫している
せいか、ライムはあからさまに困惑の表情を浮かべていた。
「カーデスよ、よく数値を見ておくがよい」
「見るまでもありますまい。おそらく八五〇〇〇までは上がりましょう。さすがはエ

ミリア様が目をつけただけのことはありますが、我輩には及びますまい」

「ち、ちょっと待ってくれ！　なにをっ……!?」

話の展開についていけなかった。

徹の力をカーデスたちに知らしめると言っておきながら、ライムの行動は紛うかたなき淫猥な行為。殺されるかもしれないという絶望感から一転して、厚い布地越しにペニスをしごくように、細い指をあてがって上下にスライドされる。

節操のない愚息は衆目監視のなかだというのに、甘美な刺激に煽りはじめていた。

「話を聞いていなかったのか？　トオルの力を皆に見せつけるためだ」

「これが俺の能力と、どんな関係があるっていうんだよっ……！」

「おおありだよ。先ほども話したが、我らはパトリシアのような強者《つわもの》と戦うことは好むが、力のない人間を痛ぶるような趣味はない。攻めてくるからには全滅させても構わぬが、有象無象の雑魚たちの屍の処理が面倒だ。よって、我らは基本的には専守防衛に徹しているのだが……いかんせん人手不足なのだ。なんとか捕らえはしたものの、パトリシアの侵入を許してしまったのもそれが原因……」

困ったものだと、大きなため息を吐くエミリア。

「だ、だったら徴兵すればいいんじゃないのか……？　魔王様が一声かければ、数なんていくらだって揃うだろう」

魔界がどれほどの規模なのかは知らないが、この城内以外にも屈強な戦士はいるだろう。それに、魔族の頂点に立つエミリアならば、自軍を強化することなど大して難しいことだとは思えない。

「数に頼るのは好きではない……やはり部下にするのなら一騎当千の者でなければな」

「だからって、背に腹は代えられないんじゃないか？」

エミリアの考えやポリシーを否定するつもりはないが、それで支障をきたしている以上は、ある程度考えを改めるべきだろう。

「わかっているさ……一応兵を募りはしたものの、やはりろくな者がおらんかった。そこで、余はあることを思いついた」

「……あること？」

理由はわからないが、妙にいやな予感がしてならない。

「求める人材がいないのであれば、自ら生み出せばいいとっ！」

「う、生み出すって……口から卵でも吐き出すのか？」

「余をどこぞの大魔王と一緒にするでない。トオル……お主はその射精力を買われて、余と子作りするために召喚されたのだから」

「こ、子作りぃいいっ!!　お、俺がっ!?」

衝撃の事実が発覚した。

魔王の助けになるというほどの力がいったいどのようなものかと期待してみれば、種馬として召喚されていたのだ。

想像していた能力とはずいぶんとかけ離れたものではあったが、徹もお年頃である。目的がどうであれエミリアのような美人に求められるのは、悪くないどころか非常に喜ばしいことでもあった。しかし、腑に落ちないことがある。

魔王の子供ともなれば、相応の戦力となりえるだろうが、そこに徹の種が加わったことによって能力が劣化してしまうのではないだろうか。それに、子作りが目的なのなら、魔王軍一と豪語するカーデスの方がよっぽど相応しいはずだ。

「トオルには、それだけの資質があるということだ。元来魔力の強い女は妊娠する確率が低いのだ。体組織が強烈な魔力を帯びているため、並大抵の精子では卵子に到達する前に死滅してしまうのだよ……カーデスを候補に挙げはしたものの、より生命力に溢れた人材を余は探していた」

「……それが、俺だと？」

「ああ、その通りだ。他のものを納得させるために、盛大に射精して見せてくれ」

「簡単に言わないでくれよ……こ、こんな人前で――ぅぉおっ……!?」

突然の子作り発言に驚くあまり、股間への刺激から意識が逸れていたが、このままでは埒が明かないと判断したライムは、ズボンのなかに手を潜りこませてきた。

不服そうな表情は相変わらずだが、エミリアの命令だから仕方がないといった様子がありありと感じられる。それでもライムのしなやかな指がペニスに触れた瞬間、芯から疼くような刺激が下半身に広がっていく。

生来、女性とお付き合いしたことのない徹にとって、自分以外の手が股間に触れるなど、物心がついてからというもの初めての経験だった。

「むっ……カーデス殿、数値が上がりはじめました」

「慌てるな、我輩がナンバーワンだ」

ス◯ウターが反応しはじめたらしく、周囲がにわかにザワつきだす。

人前でペニスを晒しているというのに、ライムの柔らかい手の感触に抗いようのない感覚が首をもたげる。

羞恥に駆られているはずなのに、徹のペニスはますます硬く、熱くなっていく。

堪らず、ライムの手の中でビクッと跳ねた。

「うっ……！　き、急に動かすなっ……」

徐々に困惑の表情に変化していくライム。

手の中で変貌しつつあるペニスの威容に、あきらかに戸惑っていた。

どうやらこのような行為に対する免疫は低いらしい。

少々怖い雰囲気さえ漂う彼女が、急に可愛らしく見えてきた。

そしてそれが股間にさらなる血流を送りこんでしまう結果になる。

「別にわざと動かしてるわけじゃ……くっ、そんなふうにされたら、仕方ないって……」

ペニスをしごかれ、徹は堪らず声を上擦らせてしまう。

口答えする徹を軽く睨みつけながらも、ライムは硬さを増しているペニスを握った手をゆっくりと動かしていく。

「私にここまでさせたのだ……エミリア様の期待を裏切るような数値だった場合、相応の覚悟はしておくんだな」

低い声で、耳元で脅しをかけてくる。少し前の徹だったら、怯えて萎縮してしまっていただろうが、彼女に手淫されるのはそれ以上に気持ちよかった。

自分でするよりも刺激的で、どんどん興奮してしまう。

下腹部の疼きによって徹の体が小刻みに震え出したあたりで、カーデスを含めたス○ウターを覗きこんでいる魔族たちの表情が驚愕に歪みはじめた。

「きゅ……九○○○○っ!?」

カーデスの顔にも焦りの色が浮かび、大きく目を見開いた。

「一○○○○○……一一○○○○……なっ、バカな……まだ上昇している……！」

慌てはじめたカーデスを見て、エミリアがニヤリと口元を緩める。

徹の能力値は相当のもののようだが、現在進行形でペニスをしごかれていてはそんなことを気にしている余裕はなかった。

衆目監視のなかであろうと、初めて女性に手淫されている。その快感を、余計な雑念で妨害したくない。さすがに羞恥心をすべて拭い去ることは難しいが、できるだけライムによってもたらされる刺激に身を任せることにした。

「こんなに硬く……あ、熱くなるものなのか？　ゴッゴッと血管まで浮き出して……」

受け入れたことで、肉棒はかつてないほどに硬くなってしまった。

ライムも頬を紅潮させているが、そそり立った剛直から目を離せなくなっている。彼女も経験がないのか、なおさら興味が抑えられないのだろう。

「んあぁあ……っ！」

硬くなった肉茎の先で、亀頭もこれ以上ないほどに膨張し、赤黒い威容を露わにしていた。そして大きく張った雁首をライムの細く柔らかい指が擦ると、反射的に腰が跳ね上がってしまう。

激しさこそないものの、上下運動を繰り返す指で擦られ、甘い疼きが徹の全身に伝播していき、思わず喜悦の声が溢れる。

「へ、変な声を出すな……」

「くぅ……し、仕方ないじゃないか……気持ちいいんだからっ」

「別にお前を悦ばせているつもりはないんだぞ……っ、は、早く射精してしまえ！」

ライムは手の平に広がる肉棒の感触に戸惑いながら、少しでも早く射精させて終わらせてしまおうとばかりに、一気に速度を速めてきた。

テクニックもなく、ただがむしゃらにしごいているだけといった印象だが、そのたびに雁首が容赦なく擦られて、ジンジンと熱を帯びて痺れはじめた。

不慣れな感は拭えないが、ライムのような美人に手コキされていると思うだけで、ますます興奮が高まっていくのだ。

「ふああっ……!? き、急にそんなにされたらっ……ぁあっ！」

手の平と指の感触の流れに変化が起きたことで、ひときわ大きく肉棒が跳ね、はしたなく喘ぎ声を上げてしまう。

その一方で、ワナワナを体を震わせて愕然としているカーデス。

「じゅ、一二〇〇〇…… 一三〇〇〇……ま、まだ上がっていく……!!」

そんな彼を横目にしながら、徹はライムの手の動きに合わせるように腰を揺らす。

「こ、こら……勝手に動いて、手に擦りつけるな……っ」

「そう言われても……つい動いちゃうんだよ」

「うぅ……」

徹を睨むライムの顔は紅潮の具合がさらに増しており、その瞳は潤みを帯びているように見える。そして心なしか呼吸も乱れはじめていた。

（……もしかして、興奮してるのか？）

しかし、あえて口には出さない。エミリアの命令で手淫を行ってくれてはいるものの、彼女は徹に対してあまりよい感情を抱いているわけではない。

この場では抑えているかもしれないが、後でなにをされるかわからない。

そもそも確信があることでもないのだ。

下手に彼女の機嫌を損ねるのは危険だろう。それに、そんなライムが徹のペニスを弄りながら興奮していると考えた方が、いっそう体が熱く張ってくる。

「んくっ……は、早く射精してしまえっ」

口調は相変わらずだが、彼女が体を火照らせていると考えただけで、そんな態度も可愛く見えてくる。

そのライムが肉棒を握る手をグイグイと動かして、懸命にしごいている。

図らずとも、興奮を煽る起爆剤にしかならなかった。

「そ、そんなに急かさなくてもっ……これなら、時間の問題だって……んっ、はぁ」

オナニーとは違い、刺激を自分で調節できない分、射精までそれほどかかりそうにない。しかし、あまり早いと思われたくないのは勿論だが、初めての手淫をもうしばらく味わっていたいというのが本音だった。

正直それほど長くは保ちそうにないが、限界ギリギリまで堪えるつもりでいた。

「んっ……な、なにか出てきたぞ？」

ペニスをしごく手が、うっすらと汗ばんできたライムだが、あきらかに汗とは違う湿り気が指に伝わり、鈴口から滲み出している透明な液体を不思議そうな顔で見つめていた。

「知らないのか……？　はぁ、あぅ……そ、そいつはカウパー腺液とか、我慢汁って言って……射精が近くなったりすると出てくるんだよ」

肉体は大人として成熟していても、ライムは少々性に関して疎いのかもしれない。

しかしそのギャップがまた、徹の逸物を熱くさせる。

ドクンッと大きく心臓が跳ね、勢いよく巡る血流が激しく肉棒を震わせる。

「そ、そんな……じゅ、一八〇〇〇〇……っ!!　し、信じられん……こ、これが奴の力なのか……!!」

「こんなことが……こ、こんなことが……!!」

カーデスたち外野は、ス〇ウターの数値に愕然とするばかり。彼らの驚きぶりに、玉座から見下ろしているエミリアは満足気な笑みを浮かべていた。

どんな基準で数値を割り出しているのかは不明だが、とりあえず徹の数値は外野を黙らせるには充分だったらしい。

ここで余裕な態度でも見せつけられれば、さらに一目置かれるようになれたかもしれないが、じわじわとこみ上げてくる射精感のおかげで、それどころではなかった。

ペニスに痺れるような強い快感が突き抜けて、全身が忙しなく痙攣してしまう。しごかれ、圧迫される亀頭の先端からはカウパーが搾りだされ、ライムの指を汚していく。

「ゆ、指がベトベトにっ……それに、また大きくなっているような……ま、まだ射精しないのかっ」

よほど興奮していることを悟られたくないのか、ライムは頻繁に射精を促してくる。

そんな彼女を焦らすのも面白いかもしれないが、生憎徹にはそこまでの余裕は残っていない。すでに射精を前に肉棒が膨張をはじめ、今にも爆発してしまいそうだ。

そのうえ、ライムは急かすと同時に手コキの速度も上げるものだから、絶え間なく押し寄せてくる刺激を、これ以上抑えていられない。

「んぅあぁっ……！」

汗ばむ女性の柔らかな手でしごかれ、熱く滾る欲望がどんどん臨界点に近づく。

下半身が急激に熱を発し、肉棒へ血流が集中する。

まるで真っ赤に燃えるかのように熱くなっていく。

「そんなバカなっ……!!　ま、まだ上昇すると――うぉおおっ!!」

徹の能力値に声を荒げるカーデスたちの目の前で、ス○ウターがピーッとけたたましい音を響かせる。

「くっ、おぉおっ……で、出るっ！　もう、出るぅ……!!」

熱く燃え滾る肉棒はひっきりなしに快感を叩きこまれ、押し寄せてくる射精衝動に太腿がガクガクと震えてしまう。加速度的に高まってきた衝動に、まるで女の子のように上擦った声を上げ、頭を仰け反らせながら射精を宣言した。

巨大な欲望が、一気に尿道を駆け上がる。

「はぁ、はぁ……さ、さっさと出してしまえっ……！」

ライムはこれで最後と言わんばかりに、力強くペニスを握って高速でしごき上げる。それがトドメとなって、尿道口が瞬間的に膨れ上がった。

「おぉおっ……!!」

雄叫びと同時に、これまで感じたことのないような絶頂感と共に、肉棒がライムの手の中でビクビクッと跳ね、大量の精液が噴き出した。それと同時にカーデスたちのス○ウターが突然ボンッと激しい音を立てて爆発した。

「け、計測不能……それほどまでっ……！」

カーデスたちは、愕然としながら四散したスカ◯ターを呆然と眺めることしかできなくなっていた。そして噴火といっても差し支えないほどの勢いで放出した白濁液は、ライムの手を汚し、さらに足元の絨毯にもぶちまけてしまった。

まるでバケツかなにかをひっくり返したような、莫大な精液が飛び散った。

「こ、これが、精液……こんなに、出るものなのか……？」

射精を急かしていたライムも、盛大に吐き出された精液を前にして唖然としている。

「はぁ、はぁ、はぁ……これだけ出たのは初めてかな……んっ、そ、それだけ気持ちよかった、らしい……」

オナニーの際、自分の射精を目の当たりにすることは何度もあったが、これほど大量の精液を噴き出したのは初めてだ。

手淫とはいえ、初体験だということが精神的にも大きく興奮を煽った結果だろう。めまぐるしいほどの射精感に、少し目がチカチカするほどだ。

「ふふっ……さすがだなトオル。先ほどまであれほど威勢がよかったカーデスたちも、すっかり意気消沈しておるわ」

玉座の正面を大量の精液で汚されたというのに、エミリアは御満悦の様子。

「さ、さすがにもう人前じゃ勘弁な……」

スッキリして熱暴走した回路が冷静さを取り戻すと、自分が羞恥プレイを強要され

ていたと改めて自覚し、その場で頭を抱えてしゃがみこんでしまった。

「ライムもご苦労だったな」

「いえ……」

徹から離れ、エミリアに一礼するも、その視線は白濁に汚れた手に向けられていた。

「ん？　直に触れてトオルに興味を持ったのか？　お主の子であれば、充分に期待できるというものだ」

「なっ!?　そ、そんなことはありませんっ！」

「そうか？　まあそれについては追い追い考えればよかろう」

「エミリア様っ！」

ライムの反応を楽しそうに眺めながら、微笑むエミリア。

「くくっ……さて、これでトオルの力は充分に理解できたであろう？」

絶対的な自信を持っていただけに、ガックリと膝をつくカーデス。

他の者たちも、予想外の数値に声を出せないでいた。

「一つ、いいか？」

「どうした、トオル？」

「話を戻すようで悪いけど、射精力って――なに？」

「詳細は面倒なので省くが、一言で言ってしまえば繁殖能力を数値化したものだ。なんでも、子孫を残したいという思いが強い者ほど数値が高いらしい」

「その関連性がわからないんだが……？」

「簡単なことだろう。生存本能が強い分、死に物狂いで卵子を目指すのだそうだ」

種の保存は、生物として一番の本能と言えるだろう。

（だけどこれって、素直に喜んでいいのか？）

受け取り方を変えれば、子作りがしたくて仕方がないということである。

しかもわざわざ別世界から召喚したのだから、徹の性的欲求は桁外れということになる。これでは〝超〟がつくほどドスケベだと言われているようなものだ。

無論、エミリアとの行為には非常に興味があるのだが、まるで徹が煩悩の塊のようで、複雑な気分だった。

しかし、それを体現するかのように依然露わになったままの肉棒は、つい今し方の射精が嘘のように猛々しく天に向かってそそり立っていた。

「さすがはトオル……もう子作りしたくてウズウズしているようだな」

「あっ……！　いや、これは……っ」

自ら煩悩の塊だと認めているようで、少々ばつが悪いのだが、いまさら遅かった。

手コキの際、予想外に頬を赤らめていたライムを見て、ひょっとしたらこのまま童貞卒業できるのではないかという考えが過ぎってしまい、それが頭から離れなかったのである。

「ふふっ……ではさっそく、余の寝室に向かうとしよう。ライムはパトリシアの様子を確認しておけ。カーデスたちはここを掃除しておくように」

「かしこまりました……」

配下の者に指示を出すと、エミリアはさっそく徹の腕を取って歩き出した。

さすがは魔王と謳《うた》われるだけあって、まったくビクともしない。

結局徹は、これから行われる行為に期待しつつ、露わになったままの肉棒を揺らしながら彼女の寝室まで連行されてしまった。

☆

エミリアの寝室は三十畳ほどの広々とした部屋だった。

白を基調とした内装で、全体に明るい雰囲気を漂わせている。

中央には天蓋付きのキングサイズのベッドが置かれており、お姫様の部屋といった印象を受ける。魔王の寝室というと、もっと薄暗いイメージが先行していたこともあり、素直に驚いてしまった。

そうして意識が逸れていたところで、突然ベッドの上に放り投げられた。

どうやら本気でこのまま子作りをはじめるつもりらしい。

「ち、ちょっと待った……！」

子作りするということは、エミリアとセックスを行うということである。

正直、彼女の肉体は非常に魅力的だ。

向こうがその気になってくれているのだから、即座に跳びついてむしゃぶりついてしまいたいというのが本音ではある。しかしわずかに残っていた理性が、後一歩のところで制動をかけていた。

「どうした？　まさかライムと子作りしたかったのか？」

「そりゃあ、あの娘も魅力的だけど――って違う！　まだいくつか聞きたいことがあるんだって……」

いくら女体に興味津々だからといっても、いきなり子作りしろと言われればさすがに躊躇われる。それにまだ疑問も残っていた。

「聞きたいこと？」

「エミリアが求めているのは即戦力だろ？　子供が成長するのにどれだけ時間がかかるか……人間側だってそんなに悠長に構えてくれるとはとても思えないぞ」

普通に考えて、妊娠から出産だけでも一年近く要するうえ、それなりに育つまでは途方もない期間が必要になるだろう。人間と魔族では成長過程が異なるのかもしれないが、そこまで差があるとは到底思えない。

「たとえ戦闘技術を持たない幼子だとしても、余の子供ならば内に秘めている魔力は並大抵のものではないはずだ。魔力を結界に変換する装置でも使えば、パトリシア級の使い手には通用しなくとも、雑兵を寄せつけなくすることは可能だ。さすがに数を揃えられるとそれなりの人数を割り当てなければ対処しきれない……それを補えるだけでも充分な働きが期待できる」

「……結界云々《うんぬん》についてはよくわからんが、雑魚に対処しなくていい分、パトリシアみたいなヤツの相手がしやすくなると？」

「弱い人間に興味はない。パトリシアとの戦闘は面白いが、彼奴らは平気で『援護する』だの『助太刀する』と言って横槍を入れてくるのだ……」

つまり、エミリアは純粋に戦闘を楽しみたいだけなのだ。

それならば、やはり徴兵を行って数で対応するのが一番手っ取り早いのだろうが、彼女の好むところではないらしい。

「でもだったら、進軍中にでも襲撃して壊滅させちゃえばいいんじゃないのか？　城から離れた森や荒野とかなら後始末を気にしなくてもいいと思うけど」

とても雑兵側と同じ人間である徹が提案することではないが、とりあえず思ったことをそのまま口にしてみる。

「それはダメだ。全滅させては……」

「……は？」

「もしかすると、今後パトリシア並みの実力を開眼する人間が現れるかもしれないというのに、早々に芽を摘んでしまっては勿体ないではないか」

彼女はいわゆる戦闘狂というやつなのかもしれない。最初は単に慈悲深いのかと思えたが、自分の楽しみを減らしたくないだけのようだ。いくら慕っているとはいえ、ライムやカーデスたちもずいぶんと苦労しているのかもしれない。

ある種、暴君と呼べなくもないだろう。

「でも大丈夫なのか？　俺が召喚された時だって、パトリシアって娘が乗りこんで大暴れしてたじゃないか。そんなに余裕があるようには思えないんだけど」

「おそらく大丈夫だろう。今のところ人間側に大きな動きはない。それにパトリシアが捕まったことを知れば、当分は動けなくなる。骨のある人間の数など知れてる。それにあの娘は、勇者と謳われるほどの豪傑だからな……」

「へぇ～、そんなに強かったのか……あの娘」

言われてみれば、魔王がその実力を認めるほどなのだから、勇者と呼ばれる資格は充分に有しているのだろう。

「他に質問は？」

「え？　……あ、もう特には」

「そうか、ならそろそろはじめるとしよう……子作りを」

「……っ！　ほ、本当に、するんだな……」

「なにを……先ほどからそう言っているではないか」

「いや、まぁ……そうなんだけど、いざとなったらさすがに緊張して……」

　この世に生を享《う》けて十七年。

　異性に興味を持ちつつも、これまで彼女ができたことすらない。それにもかかわらず、諸々のステップを跳び越えていきなり子作り――つまりはセックスを行おうというのだから、つい緊張してしまうのも致し方のないことだろう。

　しかも相手のエミリアは徹にとって理想的と言っても差し支えのないほどの美人で、グラマラスなプロポーションを誇っているのだからなおさらだ。

　ところが、そんな徹に対してエミリアは至って冷静だった。

「なにをそんなに緊張する必要がある？　トオルのペニスを膣に挿入して射精するだけではないか」

「……はい？」

「別に変に構える必要はない。トオルはそこで仰向けになってくれれば、そのまま挿入してすぐに終わらせる」

エミリアの淡々とした発言に、徹は一瞬気が遠くなりそうになった。

「す、すぐに……終わらせる？」

「そうだ。無駄に時間をかけても仕方がない。その方が効率的だ」

彼女がずっと口にしていた子作りとは、言葉通りの意味合いでしかなかったらしい。あくまで生殖行為のみが目的であり、行為によって生じる快楽を一切求めていないのだ。エミリアの言う子作りは、セックスと似て非なるものだったのである。

衝撃の事実に愕然とする徹。

これでは本当にただの種馬——否、蓄えて放出するだけの精子製造機でしかない。

元の世界では女運など望むべくもなく、ここが別世界で相手が魔族であろうと、ようやく報われる時がきたのだと、天にも昇るほどの高揚感に駆られていたというのに、一気に奈落に突き落とされたような気分だった。

苦節十七年——夢にまで見た初体験を、そんな味気ない結末にはできない。

魔界にきてからというもの、周囲に流されるばかりだったが、今回ばかりは甘んじて受け入れるわけにはいかなかった。

徹はベッドから下りると、真剣な表情でエミリアに詰め寄る。

「それは違うぞ、エミリア！」

「い、いきなりどうしたのだ、トオル……」

豹変した徹の態度に圧されて、一瞬エミリアがたじろぐ。

「子作り――いや、セックスっていうのは、生殖だけを目的としたものじゃない！　お互いのことを探り合ったり、理解し合ったり、喜び合いながら性的快感を共有することのできる男女のコミュニケーションの形の一つなんだ」

勢いよく捲し立てているものの、徹にはセックスの経験など一度たりともない。

これまで蓄積されてきた童貞力が、性交渉に子作り以外の価値を見出していないエミリアを改心させるべく、己の希望や願望をぶつけているだけである。

「そ、そういうものなのか？」

「快楽だけを求めているわけじゃないんだ。快感だけじゃなくて、相手を愛して、相手からも愛されて、より深い喜びを感じていきたいと俺は考えてるんだっ！」

半ば勢い任せではあるが、決して適当に言葉を並べているわけではない。

少々セックスに夢を見すぎている感があるのは徹自身自覚しているものの、それが本心からの言葉なのである。

とはいえ、種馬として召喚されているために現状〝愛〟があるとはさすがに思えないが、今後もそうだとは限らない。順序が逆だろうとも、これからの徹の行動次第では決して夢物語ではないはずなのだから。

「そ、そこまで言うなら余に教えてくれ、その性的快感というものを……トオルをそこまで熱心にさせるものに、興味を持った」

「えっ——じ、じゃあっ……⁉」

徹の熱意がエミリアに伝わった瞬間だった。

勢いに圧されただけのようにも思えるが、そこは気にしないことにした。

「急に瞳の輝きが増したな……それで、余はどうすればいい？」

まさかエミリアが徹の言葉を受け入れてくれるとは思いもしなかった。

つい自分の童貞力の高さに感心してしまう。

「とりあえず、えっと……ベッドに横になってくれるか」

「これで、いいか？」

言われた通りにベッドに上がるエミリア。横たわりながら徹を見上げ、次の行動に注目している仕草は、なんとも言えない高揚感を覚えてしまう。

しかし、いざ願いが叶いはしたものの、実際は徹にも彼女に教えられるような経験があるわけではない。

セックスの知識といえば、ＡＶや美少女ゲームから蓄積したものばかり。

いつか訪れるであろう初体験のために、色々と知識だけは蓄えてきたつもりだが、さすがに本番を目の前にすると、それが通用するのか不安を感じてしまう。

だからといって、躊躇っている暇はない。性交渉に関心のないエミリアに、快感の素晴らしさを教えなければならないのだから。

「そ、それじゃあ……はじめるからな」

ゴクリッと大きく喉を鳴らし、緊張の色を前面に押し出しながら徹もベッドに上がってエミリアに覆いかぶさる。そして、立っていても寝そべっていても圧倒的な存在感を誇る雄大な胸元に両手を伸ばした。

まずは服の上から胸の感触を楽しみ、少しずつエミリアの興奮を煽っていくべきなのかもしれないが、たわわ果実を目の前にして膨れ上がった煩悩が暴走寸前で、理性が抑制しきれない状態に陥っていた。

大胆に肩を露わにしているのをいいことに、さっそく指を胸元にかけて一気にずり下げる。すると布地に押さえつけられていた豊満な乳肉が飛び出し、徹の眼前にその全貌が晒された。

仰向けに横たわっているというのにその芸術的な丸みを崩さない張り、メロンと比べても遜色がないほど豊かな双丘。そして先端には桜色の乳輪と小豆大の突起が慎ましく鎮座していた。

もはや理性など、膨れ上がった欲望の前では紙屑同然だった。

快感を教えなければならないはずが、徹の方がお胸様の虜《とりこ》になってしまった。

加減などできるはずもない。

徹は遠慮なくエミリアの乳房をわしづかみにして揉みしだいていく。

「んっ……」

徹の手の平の感触に、エミリアがピクッと身を震わせた。

（こ、これがおっぱいの感触っ……！　生きててよかったぁ）

初めて体験する極上の弾力に、思わず感涙すらこぼれ落ちそうになる。

可能な限り手の平を広げて揉み、指先を柔らかい乳房に食いこませると、指と指の隙間から乳肉がはみ出してしまう。

「トオル、目がギラギラと野獣のように……それほど胸は興奮するものなのか？」

「エミリアのおっぱい、エロすぎだよっ」

徹は鼻息を荒げながら即答し、柔らかくも適度な弾力のある揉み心地抜群であるエミリアの乳房に夢中になる。グニグニと、まるで乳房を押し潰すかのように揉みこみ、円を描くように手を動かしては捏ね回し、その感触を堪能していく。

少しでも力を入れれば簡単に指が食いこみ、たゆんと弾みながらひしゃげる柔らかさ。激しく捏ねれば捏ねるだけ卑猥に形を歪める。そして上下左右に不規則に揺れ動く乳首が、視覚的にもいっそう徹の興奮を掻き立てる。

いまさらながら、これは夢ではないかと疑いたくなるほどだ。

握力を加えて淫らに形を変えても、手を離せば弾けたように元に戻る。

まさに至福の境地とさえ思えてしまう。

そしてそのまま頂にある突起に指を絡ませた。

親指と人差し指で摘み、軽く捻る。

「んあっ……っ、な、んだ……今のは、急にビリッと痺れるような感覚が……それになんだか、胸を揉まれるとジンジンするような……」

ここでようやく、柔肉に触れて初めてエミリアが大きな反応を現してくれた。

ビクビクと軽く波打ちながら、体をよじらせるも、少し困惑気味の表情を浮かべる。

「それはエミリアが感じてるんだよ。オナニーくらいしたことあるだろ？」

「……オナニー？　なんだ、それは？」

本当に意味がわからないといった顔をするエミリア。

「あ、えっ……ほ、本当に知らないのか？」

逆に徹が困惑してしまうが、彼女が嘘をついているとは思えない。

それならば、燻りはじめた感覚に戸惑うのも納得できるし、セックスに関心がなかったことも頷ける。

エミリアは、性交渉に関して極端に疎いのだ。そして考え方を変えれば、徹が彼女に性の悦びを教えこむことができるということでもある。

まるで血液が沸騰したかのように、体が熱くなる。

しかし、ここで暴走して自分の欲望ばかりをぶつけるわけにはいかない。
徹は首の皮一枚残っていた理性で、懸命に抗っていた。

☆

（な、なんだこの感覚は……）
徹の手で乳房をぐにぐにと揉まれているうちに、胸がジワジワと発熱しはじめた。
胸に湧き上がってくる不可思議な感覚。
自ら言い出したとはいえ、双乳を弄り回されても決して不快に思えない。
「んぁっ、ああんっ……」
揉みこまれる指の動きに合わせて、肉感のある唇から甘い声が漏れた。
（い、今のは……余の声？　なぜ、勝手に……）
自然と甘美な声色が漏れ出たことに、エミリアは驚きを隠せない。
乳肉を握り、力を緩め、乳首をキュッと摘み上げる。
幾度も同じ工程を繰り返された。
徹の指が柔肌に埋もれ、指先が乳首を擦り合わせる。
ゆっくりではあるが、確実に仄かな熱が浸透していく。

　エミリアはこれまで経験したことのない感覚に困惑しながら、徹の手の平と指の動きを見つめる。彼の五本の指がまるで別の生物のように、乳房全体を味わい尽くそうとしきりに蠢いていた。

　上下左右、あらゆる方向に角度を変えて捏ねくり回される乳肉。徹の手は容赦なく揉みしだき、膨らみから生まれる感覚をどんどん肥大化させていく。

　そして徐々にエミリアの唇から喘ぎ声が断続的に滲み出す。

「んふぅ……うぁ、んはぁ……っ」

　意識しなくても漏れ出してしまうはしたない声。

　本当に自分の声なのかと疑いたくなるほど甘ったるい声色に、顔が紅潮してしまう。こみ上げてくる感覚が理解できずに、反射的に声を抑えようと試みるが、それすら上手くできなかった。

　耳に届く自身の喘ぎ声がまるで別人のようで、エミリアの羞恥をも煽っていく。

「エミリアの声、すごくいやらしいな……胸を揉まれるの、気持ちいいか？」

「き、気持ち……いい？」

　徹に言われてようやく気がついた。

　かつて経験したことのない感覚に困惑してしまったが、この痺れるような甘い刺激は、マッサージをした時と似ているようにも思える。

夢見心地にも似て、確かに気持ちいい。

だがあくまでそれに近いというだけで、その本質はまったくの別物だ。

呼吸が荒くなり、鼓動がどんどん速くなっていく。

否応なしに、自分が興奮させられているのだと、自覚する。

「んんっ……変な気分だ……トオルに胸、揉まれて……痺れてきて……ぁあっ」

声色がさらに艶かしさを増していく。

これが徹の言っていた性的快感なのだと理解すると同時に、知らなかったとはいえ『無駄に時間をかけても仕方がない』だの『効率が――』だのと口にしていた手前、あっさり流されてしまうのは、さすがに恥ずかしい。

「感じてくれてるんだな……だったらもっと聞きたいな。エミリアの可愛い声……」

「……っ!?　か、可愛い声などと……っ」

「変に構える必要なんてないよ。本当の自分を曝け出すのもお互いを知るうえでは重要なことなんだから。俺はもっとエミリアの乱れた姿が、見たい」

鼻息を荒げながら、徹はいっそう手に力を加えて、大きく捏ねるように乳房を揉みほぐしていく。ドクンッ、ドクンッと激しく胸を打つ心臓が、飛び出してしまいそうなほどに昂っていた。

初めて経験しているからなのか、体だけでなく脳髄まで痺れが伝播して、徐々に羞恥心さえ薄れていき、徹の言葉をそのまま受け入れようという気にさえなってきた。

（これが、セックス……こんなもの、全然知らなかった……トオルの言う通りにしたら、もっとすごいことになるのか……？）

　他者に自ら柔肌を晒すだけでなく、その身を任せることへの抵抗感すら、驚くほど薄れていることに気がついた。

　さらに、乳房に夢中になっている徹を可愛いとさえ思えるようになってきた。

「んっ、はぁ、あっ……な、なんだか力が、入らなくなって……こ、これが感じるということ、なのか……？」

「ああ、エミリアは今すごく感じてるんだ……っ、だからもっと大きな声を出してもいいんだよ。その方が、俺ももっと興奮するし」

「い、今でも充分目がギラついて——んぁああっ⁉」

　エミリアが快感を受け入れはじめたことを察したのか、徹の瞳がひときわ爛々と輝きを増す。そして言葉を遮るように、いつの間にか硬くなっていた乳首を指先で強く弾いてきた。

　不意の強烈な刺激に、堪らず甲高い悲鳴にも似た喘ぎを迸らせてしまう。

「そうそう、その調子だっ」

「ひあっ、んくぅう……そ、そんな……先端ばかりぃ……っ！」

鋭い刺激に翻弄され、エミリアはシーツを握り締めながら押し寄せてくる官能の波に体が震え、短い悲鳴を上げては、体を左右によじって胸を波打たせる。

「エミリアのおっぱい……エロすぎだって……っ」

取り憑かれたように乳首を弄りつづける徹。強烈な快感に体が自由に動かせない。すっかり、徹のなすがままにされてしまっていた。

「と、トオルっ……そんな、乳首ばっかりっ……感じすぎて——んんぅっ！」

「あっ……ご、ごめん……調子に乗りすぎた」

「いや、その……気持ちいいのだが、その……セックスは胸ばかり弄るものなのか？」

「そ、そんなことはないけど……今回は単に俺がエミリアのおっぱいがあまりに魅力的だから、つい我を忘れてしまったと言うか、なんと言うか……」

事前に偉そうなことを口にしておきながら、自分が暴走してしまっては意味がないと反省を口にする徹。しかし、その間も視線はしっかりと乳房に向けられていた。

「胸なら、また好きにすればいい……今は、セックスを教えてくれ」

「お、おうっ……それなら次は——」

徹は名残惜しそうに胸から手を離すと、そのまま体を這うようにして下腹部へと到達させた。

裾から覗くスラリとしていながらも、ムッチリと女らしい丸みを帯びた白い太腿に手を這わす徹。そして元々ヒップを覆う程度の丈しかない布地を押し上げ、逆三角形の布地を露わにさせた。

（さ、さすがにこれは……っ！）

エミリアは耳まで真っ赤になりながら、下着を晒している羞恥に身を震わせた。

自ら子作りを宣言した時点で、この後下着どころか秘所をも露わにすることになるのは覚悟していたはずなのに、実際にその状況が近づくと、途方もないほどの羞恥に苛まれていた。

「それじゃあ、今度はこっちを……ゴクリっ」

一段と大きく喉を鳴らすと、徹も緊張した面持ちでショーツの窪地へと手を伸ばす。

「ひあっ……!?」

クロッチの中央部、陰唇の辺りを指先で撫でられ、その瞬間にまるで電流が流れたかのように、エミリアの体が大きく跳ね上がった。

最も敏感な箇所への刺激に、視界が一瞬真っ白になる。

用を足す時以外、自ら触れる機会もなかった場所への愛撫。猛烈な羞恥と同時に、先ほどと同じような昂りを感じて、思わず身を強張らせてしまう。

乳房のそれとはまた若干異なるが、鮮烈な刺激が全身に波及していく。

反射的に太腿をピクピクッと震わせて、眉を寄せる。

指先が柔らかい恥丘をショーツ越しになぞり上げ、布地が薄いこともあって、まさに淫裂を直に触られているような感触が伝わってくる。

乳首に勝るとも劣らない快感が背筋を駆け、再び全身から力が抜けそうになる。

「ど、どうしてこんな場所、撫でられて……恥ずかしいはずなのに……あふっ！」

淫裂から感じるのは徹の指先だけではなく、熱さと同時にショーツに広がる湿り気までも、はっきりと伝わってくる。

「やっぱり、エミリアは感じやすいんだな。もう、こんなに濡れて……」

淫蜜の染みが広がり、花弁の形が浮かび上がったところへ指を突き立て、じっくりと捏ねるように指先を沈めていく徹は、滲み出した体液に感嘆の声を漏らした。

「そんなこと、言うな――ぁあんっ……！」

言い終わるよりも先に、堪らず漏れ出る喘ぎ声に遮られてしまう。

徹に愛撫されはじめてからというもの、ちょっとした刺激を受けただけで、あっさりと快感に変換してしまう自身の体が、不思議で仕方がなかった。

(すごく恥ずかしいのに、恥ずかしいはずなのにっ……どうしてこんなに気持ちいいのだ……っ！)

甘美感に震えるエミリアの姿を見つめながら、徹は溝に沿って指でなぞり、擦って愛撫する。少しずつ淫裂がほぐれて、貝が開くかのように割れ目が左右に広がる。

繰り返し弄られていると、体の奥からじんわりと発熱していくのを自覚する。

次第にそれは到底無視できない燻りとなって勢いを増し、体の内側から耐え難い疼きとなってエミリアを苛む。

「やぁっ……へ、変な感じにっ……な、なんだこれはぁっ……あうぅんっ！」

「これだけ濡らして……本当に敏感なんだな。下着もグショグショで……もうすっかり準備万端って感じだな……っ」

徹が興奮気味に呟く。

心なしか、さらに鼻息が荒くなっているように思える。

ずっと剝き出しのままになっていた肉棒も、ドクドクと異様なほど脈打っている。

（まさか、こんな気分にさせられるとは……）

セックスに関して、エミリアは確かに疎い。

それでも、最低限の知識くらいは備えている。

自分の体に訪れた変化に戸惑いこそしたものの、それがなんであるのか、徹の言葉を聞いてようやく理解した。この体の火照りと胎内の疼き、下着が意味をなさないほど溢れ出た淫液は、すべて女として正常な反応なのだ。

男を受け入れるための準備が、整ったということである。

（こんな感覚、まったく知らなかった……っ！）

徹が性的快感というものを訴えてくれなければ、気づかなかっただろう。

さすがに依然として羞恥心は拭いきれないが、体の変化がそれらを受け入れているというなによりの証拠だった。

「それじゃあ、そろそろ脱がすぞ……エミリア」

熱っぽい口調で、徹が指をショーツにかける。そしてそのまま返事を聞く前に躊躇なく秘所を覆っていた薄布を脱がしてしまう。

「うっ……！　と、トオルっ!?」

覚悟をしていたつもりでも、さすがに股間を晒すのは抵抗を感じずにはいられない。

しかも徹はエミリアの脚をつかむと、一気に開脚させてしまった。

大きく股を開いて局部を晒す格好をさせられて、茹蛸のように顔が真っ赤になる。

そして強制的に開脚させたかと思えば、今度は徹の頭が下がっていく。

「これが、エミリアの……っ」

徹はいっそう瞳を爛々と輝かせながら、眼前の恥部を食い入るように覗きこむ。

「こっ、こらトオル……!?　まじまじと見るなぁ！」

エミリアは堪らず視線から逃れるように激しく身をよじる。

徹の目に、二枚の花弁が映っていた。

盛り上がった恥丘に茂る陰毛も、その下の割れ目から包皮に包まれた肉芽まで、女であればもっとも秘めるべき場所を見られている。羞恥を覚えるなというのが、無理というものである。

「ぴ、ピンク色なんだな……愛液で濡れて、とっても綺麗だ……」

「いっ……い、いちいち口に出さないでくれ！」

顔から火が出そうなほど辱めを受けているというのに、なぜか見られているだけでも体の奥底からジンジンと痺れてくる。

「ここに、俺のが……」

感嘆のため息を漏らしながら、徹は蜜で潤った淫裂に手を伸ばしたかと思うと、両の親指を大陰唇に押し当て、左右に割り開いた。

濡れそぼった花弁がネチャッと卑猥な音を立てて、艶かしく息づく膣口を露わにされてしまった。

「み、見られてるっ……とんでもない場所、広げられて……あぁっ、奥まで……っ!!」

「この匂い……とんでもなく興奮するなぁ」

徹は淫裂に押し当てそうなほど顔を寄せて、鼻を動かす。

「トオルっ……い、いい加減にぃっ……」

最も恥ずかしい場所の匂いを嗅がれる日がくるなど、想像したこともなかった。

普段なら迷わず手が出ていそうなものなのだが、徹にされていると不思議なことに不快に感じない。恥ずかしいはずなのに、どうしても強く拒む気になれないのだ。

さすがに身を強張らせはするが、淫裂からは新たな蜜がこぼれ落ちていく。

「はぁ……んっ、エミリア……そ、そろそろ、いいか？」

徹がようやく割れ目から顔を離すと、真剣な眼差しでエミリアの顔を見つめてきた。

それがなにを意味しているのか、気づかないほど鈍感ではない。

身を乗り出す徹の股間で大きくいきり立つ肉棒が、もはやこれ以上我慢できないとばかりに激しく震えていた。

「と、トオル……」

エミリアもしっかりと瞳を見返しながら、コクリと頷いてみせる。

徹は体を起こし、ギンギンに勃起した逸物を淫裂に近づける。

(改めて見ると、なんて禍々しい……ほ、本当にこんなものが、余の膣内に入るというのか……？)

心臓の鼓動が加速する。

こうなることは予めわかっていたとはいえ、いざその瞬間が近づくと、戸惑いが湧き上がる。破瓜の痛みは相当凄まじいということくらいは聞き及んでいた。

だからといって、それでうろたえるのは魔王と謳われる者として、プライドが許さない。相応の痛みはこの高みまで昇りつめる過程で経験している。決して耐えられないものではないはずだ。

「じゃあ……い、挿れるからな……できるだけ、体の力は抜いた方がいいらしいぞ」

徹も緊張した面持ちでエミリアの両膝をつかんで再度大きく開脚させ、先端が陰唇に触れるのを感じた。

無意識のうちに、シーツを握る手にいっそう力がこもる。興奮と期待、そして恐怖心が入り混じり、どのように対応していいのかわからず、体が動かない。

「んんっ……」

膣口に添えられた亀頭の熱を感じて、エミリアは小さく声を漏らした。

緊張した面持ちで、徹はゆっくりと腰を押し進めて膣口を擦っていく。

「い、いくぞ……っ」

「あぐぅうっ……！　は、入ってきたぁ……っ！」

確実に亀頭が埋没していく。

熱い塊によって、徐々に膣口が広げられていくのがわかる。

凶悪なほど屹立したペニスが胎内に侵入していく感覚に、エミリアは全身を強張らせて声を引き攣らせる。

「くっ……こ、これがエミリアの膣内……っ！」

亀頭に絡みつく媚肉の感触に呻く徹だったが、スムーズに腰を押し出すことができたのはそこまでだった。

「ふぐぅぅ……っ！」

処女膜が亀頭の侵攻を妨げ、エミリアの胎内に鋭い痛みが駆け抜けた。

それでも、徹は確実に肉棒を押しこんでいく。

体の中に分け入ってくる痛みと焼けつくような熱。百戦錬磨のエミリアにも経験したことのない異質な痛みが股間を襲う。

体を裂くような痛みに、不覚にも涙が溢れてくる。

(こ、れほどの痛みを伴うものなのかっ……！)

圧力がかかり、痛みが増す。エミリアは握り締めたシーツを引っ張り、そして力いっぱい歯を食いしばって激痛に耐える。

「悪いけど、もう少し……もう少しだけ堪えてくれっ……」

か細い声を漏らすエミリアの淫裂を貫きながら、徹は肌を粟立たせながら愉悦に呻く。自然と逃げ腰になるも、徹にしっかりと押さえられている。ゆっくりと熱くて硬い肉棒が膣内に侵入してくる。

ミチミチと、いやな音が股間から聞こえる。そして一気に腰が突き出され、未通の証が勢いよく貫かれた。

「んいっ、ぁあああっ!!」

股間から激痛が駆け抜けた。

堪らずエミリアは体を弓なりに仰け反らせ、衝撃に声を張り上げた。

「え、エミリア、大丈夫かっ……!?」

徹が心配そうに顔を覗きこんでいるが、気にしている余裕はなかった。

破瓜の痛みは相当凄まじいということを知識としては知っていたが、まさかこれほどのものだとは想像していなかった。

他の者たちもこの痛みを乗り越えてきたのかと思うと、ある種の尊敬の念さえ抱きそうになってしまう。

「も、問題ない……こ、この程度で、余がっ……」

体の内側から削られるような激痛だが、魔王としての気位と、破瓜による痛みを軽視していたこともあって、必要以上に心配されるのは酷く間抜けに思えた。

顔を歪めながらも、痛みを堪えて気丈に振る舞ってみせる。

徹はエミリアのことを気遣いながらも、処女膜を破ったはいいが狭く圧迫感の強い膣内の感触に、全身を震わせていた。

「ほ、本当に大丈夫、か?」

「んくっ……あ、はぁ、ぁぁ……っ、だ、大丈夫だ……」

精いっぱい、強がってみせる。

膣口や、体の奥が痛くて堪らない。

結合部を覗けば、そこには破瓜の鮮血が滴っている。

視覚的なものも含めて、焼けつくような痛みが頭の中を駆け巡る。

それでも意識だけはやけに鮮明で、徹の肉棒の感触がはっきりと伝わってくる。

そしてエミリアの純潔を破ったペニスは、そのまま押し入って未踏の奥地へと踏みこんで、根元まで埋没させる。

「うくっ……！」

ペニスをすべて膣内に捻じこむと、徹が眉を寄せて身震いする。

エミリアとは対照的に、こみ上げてくる興奮を必死に抑えこんでいるように見えた。

「ぐっ……だ、大丈夫と、言っただろう……？」

痛みは強烈だが、決して堪えられないものではない。

少々顔を顰めながらも、エミリアはニヤッと笑みを浮かべてみせる。

「お、俺……途中で止められる自信、ないぞ？」

「余を、誰だと思っている……んっ、望むところだ……性的快感を、共有するのだろう？　だったら、こちらも気持ちよくしてもらわなければな……っ」

強引に広げられた膣口から、真っ赤な鮮血が内腿を伝って流れていく。

痛みばかりが先行しているものの、わずかながらも胸中に熱いモノが押し寄せてくる。

破瓜による激痛に耐えつつ、エミリアは膣内で蠢く存在を噛みしめた。

「おぉっ……す、すごすぎるっ……！」

膣内でペニスがビクビクと脈動しているのがわかる。それに伴って、徹の呻き声も少しずつ大きくなっていく。

「……そ、そんなに、余の膣内は具合がよいのか？」

「熱くて、ヌルヌルしてて……た、堪らないって……！」

素直に膣内の感想を口にされ、羞恥に震えると同時に徹が腰を動かしはじめた。

根元まで押しこんだ肉棒を引き抜くと、膣壁を擦られて傷口を刺激するような痛みが走り、反射的に美貌を歪めてしまう。

破瓜の瞬間に比べればそれほどでもないが、鈍い痛みが広がる。

ペニスを途中まで抜くと、膣口からは新たに赤い雫が溢れてきた。

徹は相変わらず心配そうな面持ちで顔を覗きこんでくるものの、一定のリズムで抽送を繰り返す。配下のカーデスたちと比べて頼りないほど小柄ではあるものの、その股間の逸物は雄大。最初は本当に膣内に納まるのか半信半疑だったが、引き抜いては押しこまれて、見事なほどにその全貌はエミリアの胎内に埋没していた。

興奮に任せて腰を振り立てはしないが、まだ圧迫感が強く慣れていない媚肉を亀頭で掻き分け、最奥にぶつかるまで突き入れてくる。

「ひぐっ……！　あっ、んうぅ……っ、硬いのが、膣内の奥までぇ……あぁあっ！」

徹は淫液と鮮血に満ち、なにも知らない膣肉に男根の感触を刻みつけるように引っ掻き、擦り上げていく。

「はぁ、はぁ……うっ、くぅ……エミリア、少しだけペース、上げるからなっ」

今の速度では物足りなくなってきたのか、返事を聞く前に徹は腰の動きを速める。

急にペースが変わったことで、膣口の痛みが増すのではないかと身構える。

「あひっ……ふぁ、やっ、あぁあっ！」

しかし、鈍い痛みこそ感じるものの、特に強く感じるようなことはなかった。

むしろこれまでよりスムーズにペニスを迎え入れていた。

馴染みはじめたのか、漏れ出る声にも艶のような、淫らな色が混じりだす。

(痛みが……引いてきた？)

気がつけば、あれほど強くシーツを握り締めていた手にも、それほど力をこめてはいなかった。

多少は痛いと思うものの、すっかり耐えられる程度の微弱なものになっていた。

それどころか、徹の動きに合わせて痛み以上の感覚が体の奥から滲み出してくる。

その証拠に先ほどまで激痛で供給が止まっていた淫液が、破瓜の鮮血に混じって溢れ出すようになっていた。

（この感じ……先ほどまでのと——）

エミリアの脳裏を過ぎる、徹の愛撫。刺激の大きさはまるで違うが、この感覚は乳房と淫裂を弄られた時に味わった快感によく似ていた。

「あっ、んんっ……あぁんっ！」

次の瞬間、口からこぼれた艶声にエミリア自身が驚いた。

無意識に出た官能の喘ぎ。

自分の口から発せられたのかと疑問に思ってしまったほど、それは意外な声だった。

肉体が順応しはじめたことを自覚したせいか、膣内から生じる愉悦が急速に肥大化していき、処女喪失の痛みさえ呑みこんでいく。

「くぉおっ……エミリアの膣内、気持ちよすぎて蕩けそうだ……っ！」

肉棒にまとわりつく膣襞の感触に歯を食いしばりながら、徹は逞しい肉棒を媚肉に擦りつける。

「はぅぁあっ……と、トオルっ……んんぅ」

痛みではなく、こみ上げてくる快感に震えながら、エミリアは徹にしがみついた。

ところが、徹にはその行為が破瓜の痛みを必死になって堪えていると錯覚させてしまい、途端に抽送する腰の動きが緩やかになる。

「す、すまんっ……！　調子に乗りすぎた……だ、大丈夫か？」

「違うっ……つ、続けてくれ、大丈夫だからっ！」

芽生え出した快感が弱まってしまうと思った途端、次の瞬間には徹を急かしていた。最初は生殖だけが目的だったはずなのに、すっかり徹の言った性的快感を求めている自身の変化に驚いてしまう。

「お、おうっ……そう言うなら……」

エミリアの訴えに、徹は慌てて腰を動かす。しかも急かされたことで腰使いが勢いを増し、淫蜜と鮮血にまみれた肉棒が、膣肉を激しく貫く。

強烈な快感が全身に駆け巡る。

乳房や陰唇を指で弄られていた時の比ではない。

肉棒の動きに合わせて、膣壁が淫猥に形を変える。

雁首が膣壁を満遍なく抉りながら出入りする快感。腰を振るたびに膣襞が擦られ、得も言われない快感が沸き立つ。

「んっ、んはぁ……膣内でビクビクしてっ……あふぅ、先端のエラ張ったところが擦れて……はぁ、ぁあっ……こ、こんなっ！」

根元まで幾度となく打ちこまれながら、エミリアは肉棒の荒々しさに酔いしれる。

肉付きのよい臀部が勢いよく叩きつけられる徹の腰に合わせて波打ち、パンパンと淫らな音を響かせた。

「はぁ、はっ、くぅぅ……そんなに締めつけられたらっ、あまり保たないって……」

切羽つまった声を出しながらも、腰使いを緩めるどころか加速させようとする徹に、愉悦と同時にいっそうの興奮を覚える。

「これが……これがセックスの快感なのだなっ……あんっ、す、すごいっ……奥まで届いて……奥に当たってぇ……ぁあああんっ!!」

エミリアの表情が緩み、止めどなく甘い吐息が漏れる。そして快感の度合いを示すように、淫液が量を増していく。ペニスを引き抜く際、雁首によって掻き出された蜜が太腿を伝い、付着していた破瓜の鮮血を押し流す。

肉棒によって膣内を擦られる愉悦に震えるエミリア。抽送されるたびに、これまで眠っていた本能が目覚めるかのように、断続的な快感が襲いかかってくる。

「はぁ、はぁ……し、刺激強すぎっ……!」

ペニスと膣粘膜との摩擦に身震いしながら呻き声を漏らす徹。そんなことを言いながらも、にちゃにちゃと水音を立てながら、打ちこまれる腰の動きは一切弱まる気配をみせず、どんどん熱がこみ上げて頭の中が真っ白になっていく。

「な、膣内が擦れてっ……ああっ、こんな……やぁぁっ！」

雁首が、膣内の浅い部分から深い部分まで満遍なく抉るように出入りする。

太い肉塊の動きに圧迫され、狭い膣道がひっきりなしに形を変える。

亀頭によって、肉襞を擦られる愉悦に打ち震える。

大量の淫液に満ちた膣内への抽送は、すっかりスムーズなものになっていた。

腰が前後するたびに膣内に官能が響く。

気がつけば破瓜の鮮血は分泌量の増した淫蜜によって洗い流されていた。

「ふぅ、うっ……は、初めてって、痛みでなかなか気持ちよくなれないって聞いたことあったけど……エミリアを見てると、全然そんなふうには見えないな……んぅ」

「し、知らんっ……んぁ、あんっ……そ、そんなことっ……んぁ、はあっ！」

「でも、乱れるエミリアってメチャクチャ可愛いよ」

「そんなことを言われてっ、悦ぶわけが……あぅ、うくぅ……あぁんっ！」

可愛いと言われるのは嫌いではないが、状況が状況なだけに複雑な気分だった。

拗ねたような声で抗議してみるが、堪え性がなく素直に反応を返していることもあって、肉棒の動きによって快感に悶えていることは一目瞭然だった。

想像以上の昂りに加えて、結合部から絶え間なく卑猥な水音が響いてくると、興奮と同時に羞恥心も同じように掻き立てられてくる。

「ううっ……や、やっぱり、自分でするのとは全然違うなっ……はぁ、あっ……お、俺、そろそろっ！」

「あひっ……そんなっ、ま、また大きく……なって……」

徹の表情に余裕はなく、まるでケダモノのように腰を振り立ててくる。

容赦のない抽送だが、エミリアはすっかり声を上擦らせて、くびれた腰を悩ましくよじる。

股間から脳天にかけて、絶え間なく衝撃が駆け抜ける。

エミリアは思わず徹の体をきつく抱きしめる。

（なっ、なぜこれほど気持ちいいのだっ……!?　激しすぎてっ……余が、余ではなくなってしまいそうだっ!!）

徹のペニスが脈動し、大きく膨らませながら腰の動きもまだまだ激しくなる。それに合わせるように、無意識にエミリアの腰がくねり、膣口を肉棒の根元に押しつけようとしてしまう。

とんでもない痴態を晒しているという自覚はあっても、腰が止まらない。

「あっ、あんっ……あ、頭の中が、だんだん真っ白になって……ひっ、ぁあっ！」

甘く艶かしい声を上げながら、エミリアはひっきりなしに腰をくねらせて肉棒を膣壁に擦りつける。

膣襞を雁首で擦られて、下半身がゾクゾクと震えてしまう。

身悶えるたびに熱い淫液が溢れ出し、グチュグチュと卑猥な水音を立てる淫裂。

徹は猛然と腰を前後に振って突き上げてくる。

「くぉっ……エミリアの膣内、気持ちよすぎてっ……！　はぁ、はぁ、はっ……も、もう出るぞっ……だ、出すからなっ!?」

声を絞り出すような切羽つまった表情から抽送を繰り返す徹。

限界が近づいていることをしきりに訴えてくる。

「ふぁああんっ！　あっ、は、速いっ……んぁっ、あっ！　あぁんっ……な、なにか……なにかがくるっ!?　熱いなにかが、こみ上げてっ……!!」

エミリアの喘ぎ声も、余裕がないどころか初めて体験する感覚に困惑する。

それでもひっきりなしに柔肌が波打ち、恐怖心すら覚えながらも体がまるで言うことをきかない。

「ひあああぁっ！　こ、こんなの初めてだっ……こんな！　熱いものが、奥から弾けそうでっ!?」

徹にしがみつきながら、エミリアは頤《おとがい》を反らせて喘ぐ。

「はっ、はっ、んくぅ……え、エミリアもイク、んだなっ……！」

「あぁんっ……い、イク……？」

膣内がうねり、肉棒によって生み出される快感がより甘美に、鮮烈なものになってくる。怒濤《どとう》の波が押し寄せてきて、口が開きっぱなしだった。

体がガクガクと震えて、視界が明滅する。

「い、イクっていうのはっ、絶頂——一番気持ちいい瞬間のことだよっ……はぅっ、くぅ……だ、だからエミリアの口からイクって言ってもらえると、俺はっ、余計に興奮する……かもっ」

自慰行為すら経験のないエミリアだが、徹の言葉の意味はなんとなく理解できた。

初めて体感する悦楽の渦。あられもなく痴態を晒すことへの羞恥など、もはや木っ端の火。イクと性的興奮をありのまま訴えることで、肉体的だけでなく精神的にも多大な高揚感を得られるのだ。

「やんっ、ぁあっ、んぃい！　イクっ……イクイクっ——イッてしまうぅぅっ!!」

めまぐるしく駆け巡る快感を叫ぶ。

「うぐぅ……お、俺もっ、もうイクからなっ!?」

膣内で肉棒がビクビクと、忙しなく震える。

「んあぁああっ！　だ、出すのだな……あの白く、ネバネバとした精液をぉ……い、いっぱい余の、膣内にぃい!!」

徹の動きがさらに激しくなり、腰をぶつける音も大きくなった。

敏感な粘膜を亀頭で掻きむしられる。

「おぉおっ……！」

徹が呻く。そしてひときわ大きく腰を突き入れた瞬間、エミリアは背筋をビクンッとひときわ大きく仰け反らせて喉奥から嬌声を迸らせた。

「ひぐっ、ぁあひぃいぃいっ!!」

快楽に滾った肉棒が膣襞を激しく抉り、子宮口を押し上げると同時に先端から大量の精を弾けさせた。

――ドピュッ、ビュルルルルッ!!

大きく開いた股の奥に捻じこまれた肉棒が、ビクビクとのた打ち回りながら精液を噴射する。

「んぁあああっ!?　な、膣内にぃいっ……！　熱いのがっ、んああっ……ぁあっ、あひぃいいいいっ!!」

勢いよく噴き出した白濁液を子宮口に打ちこまれ、エミリアはその感触に頭の中が真っ白になっていた。

体が歓喜に震え、無意識のうちに膣肉が精液を搾り取ろうとペニスを締めつける。

徹もカクカクと身震いしながら、濃厚な粘液をたっぷりと吐き出していた。

（す、すごい……これほど気持ちいいことが、あったなんて……）

絶頂の水面をたゆたいながら、エミリアは恍惚の表情を浮かべる。

最初は、セックスなどただの子作りのための行為でしかないと考えていた。

徹に身を委ねたのも、一方的にこちらの要求を突きつけるのは少々気が引けると思ったからである。それがまさか、めくるめく甘美な世界を体感することになるとは想像すらしていなかった。

思考回路が愉悦一色に侵食され、浮遊感にも似た感覚が全身を包みこむ。

「はぁ、はぁ、はぁ……はっ、んんんぅ……」

徐々に絶頂感が治まっていくと、エミリアはぐったりとベッドに沈み、肩で大きく呼吸を繰り返す。玉座で目の当たりにした徹のおびただしい精液の量。案の定全部がエミリアの膣内に収まるようなことはなく、限界まで押し広げられた下腹部の張りを実感しながら、結合部の隙間から絶え間なく溢れだしていた。

「んっ、はあぁ……これが、快感なのだな、トオル……トオル？」

額に珠の汗を浮かべながら、肩を大きく上下させて射精感に打ち震えている徹。

しかし、なにかを訴えるかのような瞳で、まっすぐエミリアを見つめていた。

「お、俺もセックスがこんなに気持ちいいなんて、知らなかったよ……だから、まだ満足できないいんだ……っ」

「えっ……？　そ、それは——ひあっ⁉　あぁあああんっ‼」

全身を弛緩させ、絶頂の余韻に浸っていたところへ、不意に動き出すペニス。

まったく予期していなかった徹の行動に、全身を駆け巡る悦楽に戦慄くエミリア。

体が蕩けてしまいそうな愉悦に、理性すら飛びそうになる。

「すまんっ……気持ちよすぎて、俺っ……抑えきれなくてっ！」

激しく肩で息をしながらも、力強い抽送を繰り出す徹。

本来の目的は〝子作り〟であると自覚してはいるものの、目の前の快感には抗うことすらできなかった。

「か、掻き回されてるぅ……！　し、子宮っ、精液がぁ……子宮のなかっ、ひあっ、グリグリって……ひはっ、あひぃいいいっ!!」

容赦のない腰使いで膣襞を擦られ、蕩けきった嬌声を上げるエミリア。

徹の予想外の行動に戸惑いこそ見せるものの、まるで拒絶しようとは思わない。むしろ、期待感すら覚えているほどだ。

「エミリアっ、エミリアっ……！」

呼吸を乱しながら、エミリアの名前を連呼する。そして、興奮の度合いを表すように、パンパンと大きな音を立てて腰を打ちつけてくる。

「ふあぁあっ、せ、精液がっ……精液が出てしまうぅ！　せっかく膣内射精されたのにっ……はひっ、ひぅうんっ！　た、立てつづけにこんな激しくされたらっ、アソコがまた熱くなってぇ!!」

雁首によって襞が擦られ、精液が掻き出されていく。

徹はエミリアに構わず、白濁に満ちた膣内を攪拌し、子宮口に亀頭をぶつけては腰を引き、再び叩きつけるという荒々しいピストンを繰り返す。

言葉とは裏腹に、獰猛な抽送によって悦び喘ぐエミリア。たわわに実った乳房が、突きこみの反動でいやらしく跳ね躍る。

下腹部がぶつかるたびに、新たに滲みはじめた愛液と精液が飛び散り、室内に雄と雌の匂いを振り撒いていく。

「くぅ……あ、安心してくれよっ……またさっきと同じくらい射精《だ》すからっ……！　それとっ、アソコって言うの、ナシな……はぁ、はぁ、はっ……こういう時は、マ×コとかチ×ポって、直接口にした方が余計に興奮するんだ……っ」

「あふぅんっ！　お、大きなチ×ポがっ、マ×コに出たり入ったりしてぇ……チ×ポ、押しこまれるたびに、膣内に食いこんでぇえ!!」

一度壮絶な絶頂を味わい、その余韻が冷めやらぬうちに再び悦楽の渦に放りこまれたこともあって、ピンク色の靄がかかった脳内には恥じらいや理性などといったものは影も形も見当たらなかった。

エミリアはこみ上げてくる快感に翻弄され、徹の言葉を素直に受け入れていた。

「さっきまでとは、まるで別人だな……っ、んふぅ、ふぅ……セックスなんて、効率

よく子作りができればそれでいい、みたいな感じだったのにっ……」

「だ、だって、気持ちいいのだっ！　あはぁんっ……チ×ポが、こんなに気持ちいいなんて知らなかったっ！　ふぁあっ、体の奥から熱いモノがこみ上げてきて、抑えきれないぃいいいっ!!」

背筋を仰け反らせて喘ぎ、頭を何度も左右に振って身悶える。

白濁液をこぼしつづける淫裂を、果敢な抽送で責め立てる徹。

つい先ほど、射精直前に勝るとも劣らない勢いで、腰を振っていた。

ベッドがギシギシと軋むほどの激しいピストンに、徹がどれだけエミリアに夢中になっているのかが伝わってくる。

「エミリアっ……！　んくっ、くぉっ、お、俺だって……気持ちよすぎて、どうにかなりそうだっ！」

その体付きに似合わず、猛然とエミリアを突き上げてくる。

エミリアの体が跳ね、汗の粒が滴る。

「あぁあぁっ！　チ×ポっ、チ×ポ激しいぃ……！　んぁっ、あっ、あぁぁんっ！　ふ、深いところにっ、ぶつかってぇ……マ×コの奥っ、ゴリゴリ当たってるぅうっ!!」

本来の目的さえ希薄になり、ただ快楽の世界にのめりこんでいく。

体の奥底から湧き上がってくる狂おしいほどの昂り。子宮が燃えるように熱くなり、膣肉はさらなる快楽を求めて無意識にペニスを締めつける。

無遠慮な徹の抽送だが、子宮は嬉しげに痙攣を起こし、熱い淫液が止めどなく溢れだしていた。

パンッ、パンッと打ちこまれる徹の腰。

エミリアはそのたびに甘美な喘ぎ声を漏らして、体を戦慄かせる。

「はっ、はぁ、はぁ……エミリア……今、メチャクチャいやらしい顔してるぞ……っ」

「し、仕方ないではないかぁ！　ふひっ、んぃいいっ……精液でドロドロの子宮っ、再び掻き回されてはぁああっ！　んっ、はあぁぁっ……トオルのチ×ポが、気持ちよすぎてっ!!」

官能に正直に、羞恥を曝け出せば出すほど、体はどんどん昂りを増していった。

ひっきりなしに亀頭で子宮を揺さぶられて、エミリアの喘ぎ声に切迫した響きが混じりはじめる。

（ま、またくるっ……！　これは、イッた時と同じ感覚……っ!?）

つい先ほど味わった、めまぐるしい甘美感。

あの狂おしいほどの快感がフラッシュバックして、自然と腰が震えてしまう。

「ぬぉおっ……！　エミリアのオマ×コっ……また締めつけが強くなったぁ……！　はぁ、はぁっ……くぅ、も、もうダメだ……っ！」

膣肉の締めつけを受けて、徹のペニスは限界を訴えるようにビクビクッとひときわ大きく脈動した。

射精が間近に迫っていることに気づき、エミリアは期待に潤んだ瞳で徹を見つめる。

「はうぅうぅっ！　だ、出してっ……マ×コの奥までっ、出してぇえ!!」

「言われ、なくてもぉ……たっぷり、射精するさっ……！」

呻くように声を絞り出すと、徹はラストスパートをかけて膣穴を穿つ。

膣粘膜を激しく擦り上げられ、エミリアはあっという間に悦楽の頂へと追いつめられてしまう。

「あっ、あぁっ、く、くるぅ！　トオルの精液ぃ……ま、またマ×コに入りきらないくらい、射精ぃいいいっ!!」

「お、おうっ……また、子宮をパンパンにしてやるって……！」

この一言が引き金となり、絶頂直前の肉棒がこれでもかというほど震えた。

徹は歯を食いしばりながら、最後の瞬間まで腰を打ちこんだ。

「ひはぁああっ!!　イクぅっ……！　射精されて、マ×コイクぅぅぅ!!」

エクスタシーの波が目前まで迫り、意識が遠のいていく。

「うぉおっ……で、出るっ！　俺の精液、子宮でしっかり受け止めてくれよっ!!」

徹は一声低く呻いていっそう深く肉棒を突き刺すと、欲望の塊を一気に解放した。

――ブビュルッ、ビュルルッ、ドビュルルルルルルッ!!

「きひぃいいっ！　い、イクイクっ！　あぁあっ、イッぐぅうううううっ!!」

迸る熱い塊を感じた瞬間、エミリアの体が大きく仰け反った。

全身が強張り、下肢までもピンと突っ張って爪先をも開ききらせていた。

だらしなく唇から涎を滴らせながら、悦楽の極みに酔いしれる。

先の膣内射精と同様、あまりに大量の精液はエミリアの胎内には収まりきらず、コポコポと音を立てて膣口から噴き出していた。

(す、すごい……精液の熱さが体の内側から広がって……なんと気持ちいいのだ)

意識も飛びそうなほどの膣内射精の悦びに、ただ陶酔していく。

灼熱の精液を許容量を超えて注がれ、エミリアはビクビクと忙しなく体を跳ね上げて艶かしい痙攣を繰り返した。

これまでの突きこみで大半は掻き出されてしまった精液も、新たに吐き出された精液によって押し出されるかのように勢いよく溢れ出す。

「んあぁあっ！　あ、溢れてるっ、んふぅ、ううっ……精液ぃ……多すぎて、マ×コから溢れている……」

白濁液にまみれた淫裂をひくつかせながら、エミリアは身をよじっては悦楽を迸らせ、官能に打ち震える。

「ぜぇ、ぜぇ、ぜぇ……んっ、はぁ……こ、こんなに出たの、初めてだ……」

徹でさえ、自らの射精量に感嘆の声を上げるほどだ。

「ふぁ、ぁ……あ、はっ、ひぃ……あひぃ、っ……んはぁ……」

キャパシティを超えるほどの精液を受け止め、絶頂を極めたエミリアは息も絶え絶えになりながらも、恍惚の表情を浮かべながらぐったりとシーツにうな垂れた。

胎内の奥の奥まで満たしながらも、なお余りある白濁液をこぼしながら、熱い吐息を漏らしつづける。

意識さえ飛んでしまったような、焦点の合っていない瞳。大量に溢れ出した精液はシーツの上に広がり、体中を粘液まみれにするかの如くまとわりついてくる。

しかし、そんな粘着質な感触も、官能に溺れた肢体には妙な心地よさがあった。

想像を絶した高揚感の波が去ると、全身から力が抜けていくのを感じる。

（セックスがこれほど気持ちいいものだったとは……溺れてしまいそうだ）

目眩がするほど甘美感と、未だかつて経験したことのない至福に満ちた脱力感に、ゆっくりと瞼を閉じて、エミリアはこの快感を教えてくれた徹に身を委ねた。

Ⅱ 主従淫宴 ダークエルフの陥落

（まさか、これほどとは……）

主君であるエミリアの寝室へとつづく回廊を歩きながら、魔王の右腕とさえ称されているライム・イポトンは大きなため息を吐いた。

異界の住人であり、生殖能力以外は特に見立てのない今泉徹が召喚されて以来、エミリアは彼のことをすっかり気に入ってしまったのだ。

彼を毎日寝室に呼ぶのは、彼女の膨大な魔力を受け継ぐ世継ぎを授かるため。それは今でも変わりはないのだが、いつの間にかセックスという行為そのものに溺れてしまっていたのである。

以前は、時間ができれば鍛錬にその大半を消費し、残りの時間はライムとティータイムなどといった有意義な時間を過ごしていた。

ところがあの種馬がやって来てからというもの、鍛錬の時間は減少し、わずかに設けられたライムとの談笑の最中も、話題は徹との情事の内容が大半を占めていた。

太くて逞しい肉棒に貫かれる感触だの、膣内で迸る精液の感触がどうのと言われても、正直どのように返事をすればいいのかわからない。

エミリアとは違い、ライムは性交渉の知識を充分に備えているつもりではいるが、経験はない。ある程度なら想像することもできるのだが、玉座で目の当たりにした射精量はあきらかに常軌を逸していた。

実際に体感しているエミリアの話を聞いても、どれほど凄まじいものなのか、予想することすらできない。

さすがは、桁外れの射精力を誇るだけのことはある。

しかし、ライムにとっての問題は徹ではなく、主の豹変振りだった。

エミリアとは、彼女が魔王になる前からの古い付き合いで、お互いのことならなんでも知っていると言っても過言ではないほどの、親友と呼べる間柄だった。

昔から面倒臭がりで、基本的に思いつきで行動する彼女をライムが支えてきたと自負している。

魔王の座まで昇りつめたのも、自分の力を誇示したかったのではなく、幼い頃から並外れた魔力を有していたうえ、さらに練磨していた力がどこまで通用するのか試したかったからというのが理由だった。

別段、エミリアは魔王になりたかったわけではないが、さすがに統率者がいなければ無用の混乱を招くことにもなるため、彼女が新たな魔王として体裁を取り、実質それらの指揮はライムが取ってきた。

面倒な政務も、彼女のためだと思えば苦にはならなかった。

ライムのエミリアに対する想いは、単なる友情ではない。

愛情――否、崇拝と呼べるほどに昇華していた。

(これも単なる一過性のものだと、願いたい……)

正直、エミリアが子供を作ると言い出した時は、思わず卒倒しそうになった。

長年傍にいたライムだから知っている。

これまで彼女に男の影はなかった。

間違いなく処女である。

確かに、魔王の子供であれば幼かろうと並々ならぬ魔力を有していることだろう。

魔王軍にとっては有益であることは確実だが、それでどこの馬の骨とも知れない男が彼女の純潔を散らすなど、到底認められるものではなかった。

しかし人間もパトリシアを筆頭にそれなりの戦力を有しつつある。この方法の一番の難点は子供を出産し、最低限魔力を操れるようになるまでにかなりの時間が必要になるということなのだが、幼子の魔力を結界に転用させるつもりらしく、極端に時間を短縮することができる。

それでも、一年近い月日を要することになるのは間違いないだろう。

だが、人材を募ろうにも目ぼしい逸材は皆無。普段配下の者を指揮している立場だというのに、こういう時に限ってよい案がまったく思い浮かばない。

しかも、現状最大の障害であったパトリシアを捕縛することに成功してしまったため、人間側に対する充分すぎるほどの牽制になっていた。

とにかく圧倒的な物量作戦が主な人間にとって、基本的にパトリシア以外は烏合の衆。第二・第三のパトリシアのような人物が現れるとも限らないが、実質人間側最強の勇者が拘束されたとなれば、連中の動揺は相当のものである。

人数が多いだけに、一度乱れると統率を取るのが難しいのだ。

おかげで時間という問題も、それほど大きな障害とは考えられなくなってしまった。

結局エミリアを説得できないまま、徹は彼女の寵愛を受けることになったのである。

敬愛する魔王様を、異界の住人とはいえ人間がその柔肌に触れている。そのうえ、性的な知識に乏しかった反動もあって、すっかり快楽の虜になってしまった。

ライムにはそれがどうしても許せなかった。

憎しみで人が殺せたらと半ば本気で願いつつ、エミリアの部屋に近づくにつれて、徐々に体が熱くなっていく。

（こ、この扉の向こうで……エミリア様がまたあられもない姿をして……）

おそらくまだ寝室で繰り広げられているであろう淫らな宴。徹のことは勿論憎いが、乱れる主君の痴態を想像するだけで、思わず胸が高鳴ってしまう。

（いかんっ……私は、なにを考えて……っ）

卑猥な妄想が頭から離れない。

ライムは、決してエミリアの痴態を覗きに来たわけではないのだ。

城を管理するために下級魔族が使用人として働いているのだが、魔王であるエミリアとその右腕であるライムには付き人は不在だった。

エミリアに仕えることを至極の悦びとしているライムにとって、他者に彼女の身の回りの世話など任せておけるはずもなかった。

朝は彼女を起こす前にしばし寝顔を観賞し、寝惚け眼のままの着替えの手伝い、湯浴みの際に背中を流したりと、至福の一時なのだ。

どれだけ政務が滞ろうと、これだけは何人にも譲るつもりはなかった。

今日も、そろそろ日課となったセックスが終わった頃だろうと、湯浴みの準備と着替えを持ってやって来たのである。

「……エミリア様、ライムです」

最低限のマナーとして扉をノックするが、部屋のなかから返事はない。

これは想定の範囲内である。

返事の代わりに聞こえてくるのは、艶かしい喘ぎ声。

いまさら考えるまでもない。まだセックスの真っ最中なのだ。

目の前の劣情に夢中になっている二人に、外のライムの声やノックの音など聞こえるはずもない。ここは気を利かせて頃合を見計らってもう一度部屋を訪れるべきなのだろうが、ライムは構わずそのままドアノブに手をかけて入室する。

聞こえてくる嬌声の度合いから、そろそろ終わりが近いことを察したからである。

決して、エミリアの痴態を目の当たりにしたいからではないと、何度も自分に言い聞かせながら、部屋の中に足を踏み入れていく。

寝室の扉を開けると同時に、ムワッとした熱気と饐えた匂いが漂ってくる。

「あふぁっ、あぁああっ……！　トオル、トオルぅ……イクッ、イッちゃうぅっ!!ひゃうううっ!!」

そして臭気と共に、先ほどから聞こえていた喘ぎ声が鮮明に耳に届く。

シーツを皺だらけにして、ひときわけたたましい嬌声を張り上げ、エミリアは背筋を弓なりに仰け反らせた。

脈動する巨大なペニスが怒濤の勢いで精液を吐き出し、彼女の体は電流が流れたかのように跳ね上がり、小刻みな痙攣を繰り返す。

大量の白濁液を子宮で受け止めるも、到底収まりきる量ではない。

射精したそばから大量の精液が外に溢れ出していく。

(何度見ても信じられんな……あんなに射精できるものなのか)

絶頂を極めたエミリアはカクカクと全身を震わせ、大きく開いた唇からは涎を滴らせて、かつてないほどだらしのない表情を晒している。豊かな乳房は汗が浮かんでほんのりと桜色に紅潮し、さらにプルプルと震えてその柔らかさが、見ているだけでも充分に伝わってくる。

次第に絶頂が治まっていくと、そのまま徹に体を預けるエミリア。

部屋に入ってきたライムなど、まったく意に介していない様子だ。

乱れた呼吸を整えつつ、膣内に挿入したペニスを抜くと、その途端に流しこまれた大量の精液が射精をするかのような勢いで膣口から溢れ出す。

「ふぁああっ……で、出てるっ、せっかくの精液がぁ……ぁ、あぁ……」

絶頂の余韻に浸りながら、膣内から白濁液をこぼすエミリアの姿に釘付けになってしまう。一応当初の目的である子作りは忘れていないようだが、その口から漏れ出るのは潤いに満ちた熱い吐息ばかり。

どこまで本気で口にしているのか、少々怪しいところではあるが。

精液でドロドロになったシーツの上で快感の余韻に悶え、艶かしく体を震わせているエミリア。その表情も悦楽に酔いしれ、一人の女の貌がそこにあった。

まるで数時間、休むことなく延々と行為に励みつづけていたのではないかと錯覚させられるほどの惨状だ。

シーツは水浸しにしたように精液が染みこみ、床まで滴っている。

エミリアと徹も、精液にまみれてドロドロの状態だ。

(これで三度目……いや、四度目の射精か？)

たった数度の射精で、天蓋のついた豪奢なベッドは見る影もないほど、淫猥な物体へと変貌を遂げていた。

すっかり全身を弛緩させた君主を見て、ライムはようやく二人に近づく。

「今日はここまでだ……」

「あっ……ら、ライムっ!?」

エミリアだけでなく、徹もライムの入室に気づいていなかったようだ。

「……相変わらず派手に汚してくれたな」

呆れたように呟きながら、ぐったりと脱力しきったエミリアの体を持参した清潔なシーツで覆って抱え上げる。

すっかり夢見心地とはいえ、主を精液でドロドロの状態で放置しておくわけにはいいかない。徹が来てからというもの、ろくに動くこともできないエミリアに代わって、ライムが浴室まで運び、さらに体を洗うようになっていた。

「お疲れ様でした、エミリア様……それから徹、お前は――」

「部屋に戻って待機してろ、だろ？」

「……わかっているならいい」

多大な射精量を誇るだけあり、終わってみればエミリアだけでなく本人もそれなりに汚れている。ライムとしては、徹など濡れタオルかなにかで体を拭いておけばそれで充分のような気もするが、主のお気に入りをぞんざいに扱うわけにもいかない。

エミリアの入浴後、徹も浴室を利用できることになっていた。

当初、一緒に入ればいいのではと提案されたが、それでは風呂場で行為に至る可能性が充分に考えられるため、ライムが却下した。

「終わったら呼びに行く」

「……了解」

そしてライムは、エミリアを抱えて浴室に向かった。

手の平に伝わる、主君の温もりと付着した精液の感触を感じながら。

☆

「――どっこいしょ」

徹はあてがわれた部屋に戻ると、疲労感に苛まれた体をベッドに投げ出した。

バゥンッとほんのわずかに体が浮き上がる程度の反動が心地よい。

元の世界では布団で寝ていたため、ベッドは新鮮だった。

気だるさの残る体を回転させて、仰向けになる。

徹がこの世界にやって来て早数日。

なんの前触れもなく、いきなり異世界に召喚されたことには驚いたが、特にこれといった不自由もなく、実に有意義に過ごしていた。

さすがに初対面の女性から種馬扱いされたことには戸惑ったが、考え方や価値観が違う別の世界だと思えば、受け入れるのはそれほど難しいことではなかった。

徹は、それほど物事を考えて行動する人間ではない。

自分が置かれた状況下で、常に最も楽しいと思えることを模索し、実行するように心がけてきた。当然、元の世界への未練がないわけではないが、それ以上にエミリアの存在が大きかった。

いきなり魔王がどうのと、まるでＲＰＧのような世界観だが、徹にとって彼女がとびきりの美人であるということが、なにより重要だった。

正直、人付き合いは得意な方ではなかった。

元の世界にいた時は、特定の趣味の合う友人はすべて男友達。

類は友を呼ぶとよく言ったもので、周囲は見事なほど女っ気がなかった。

会話といっても、せいぜい挨拶か授業内容などの確認程度。それが会話と呼べるのかどうか疑問ではあるが。

これまで異性とまともな会話すらした記憶がないおかげで、彼女が欲しいと願いながらも、どうやって話しかければいいのか、まったくわからないのが現状だった。

乾いた青春真っ盛りな徹にとって、エミリアの子作り計画はまさに地獄に遣わされた蜘蛛の糸である。しかもその細い糸は、星の数ほどいる男のなかから見事に徹を選び出してくれた。

さすがにお付き合いだの諸々のステップを跳び越えて、いきなり子作りというのは面食らったが、それはもうすでに覚悟完了していた。

あとは間違っても徹似の子供が生まれないことを切に願うだけである。とはいえ、そんな心配はエミリアの妊娠が確定してからの話だ。

たった数日間だが非常に濃密で甘美な世界と、色気がまるで感じられない世界——徹がどちらかを選ぶとすれば、当然前者を選択する。

種族が違おうが、外見は人間とほとんど変わらないのだから、迷う余地などない。

「――そういえば、俺ってやっぱり向こうじゃ行方不明扱いになるんだよな？」

こっちの世界で暮らしている以上、そうなるのだろう。

父親の単身赴任に母親もついて行ってしまい、徹は一人暮らしだった。

一年ほどで帰ってくると聞いていたため、両親はまだいなくなったことに気づいてさえいないだろう。下手に騒がれないのはありがたいが、それも時間の問題だろう。

また他に未練があるといえば、机の引き出しに隠しておいた秘蔵本が、あのまま朽ちていくのかと思うと、少々勿体ない気がしてならなかった。

本は本で、また趣がある。それに、彼女など望むべくもなかった徹にとって、長い間お世話になっていたこともあり、色々な意味で感慨深いものがあった。

「誰かに譲っとくべきだったかなぁ～」

思わずため息を漏らすが、突然召喚されてしまった以上それは難しいだろう。

（許してくれ、俺の秘蔵本……）

異界から、徹は自分のコレクションへの冥福を祈りつつ、上体を起こして視線を下に向ける。

「…………」

ズボンの股間が大きく盛り上がっていた。

言わずもがな、勃起していた。

先ほど、何度となく射精したばかりの愚息は驚異的な回復力を見せつけ、エミリアとの情事や、離れ離れになってしまった秘蔵本のことを思い出したことで、敏感に反応してしまったらしい。

自分が煩悩の塊だという自覚はある。

元の世界にいた時から、内心では女体に飢えていたことも否定はしない。

それでも、エミリアに童貞を捧げて欲求不満は解消された――はずだった。

以前なら日に二回もソロプレイに励めば満足することができた。

しかしエミリアに求められるようになってからというもの、二〜三回程度の射精では満足できなくなってきた。

本日はすでに四度の射精を行ったが、まだ若干物足りない。

どうも、日に日に性欲が増しているような気がしてならなかった。

エミリアたち曰く、徹の精力は桁外れらしい。自分ではあまりよくわからなかったが、セックスを覚えたことでこれまで抑えられていた煩悩がさらに解放されたのかもしれない。

（――それって、救いようがないほど飢えてるってことで、ただのケダモノなんじゃないか……俺？）

スケベ根性がパワーアップしたところで、さすがに喜ぶ気にはなれない。むしろ、自分がますますどうしようもない人間になっていっているような気がしてならない。

深々とため息を吐いてみたところで、股間の愚息は萎える気配を見せず、依然として立派なテントを張り上げていた。

一通り悩んでみたところで、徹が取る方法など最初から決まっていた。

エミリアは入浴中。第一、先ほど致したばかりである。

他に相手がいない以上、徹はソロ活動以外の選択肢など残されていない。

ここは堪えて、その分明日再びエミリアに注ぎこめばいいのではと、一瞬脳裏を過ぎったものの、情けないかな徹はそれほど我慢強い性格をしていなかった。

エミリアの入浴が終われば、次は徹が入浴することになっている。それを知らせるため、ライムがやって来るまではまだ時間があった。

実行に移すなら、今は絶好の機会だった。

躊躇うことなくズボンに手をかける。

ベルトを外し、チャックを下ろして下着も脱ぎ捨てた。

少し前までエミリアの膣内を蹂躙していたペニスが、禍々しいほど黒光りした亀頭を膨らませ、天に向かってそそり立っている。

セックスの後に自慰行為というのは、さすがに少々味気ない気もするが、これはこれでそういったプレイだと思えば、なかなか乙なものかもしれない。

大きく深呼吸すると、徹は手を構えた。

「いざっ……俺の右手が光って燃えるぅ――」

「おい、入るぞ」

徹が意気ごんでペニスを握り締めた瞬間、突然扉が開け放たれた。

「え……？」

「あっ……」

一瞬、時が止まった。

☆

「……本当に、やるのか？」

廊下を歩きながら、ライムは自分自身に問いかけた。

全身に付着した精液を洗い流した頃にはエミリアもすっかり回復しており、現在は一人で入浴中。その間にライムは盛大に汚れた寝室の掃除を終えていた。

いつもならそのまま寝室で主の帰りを待つのだが、今日はとてもそんな気分ではいられなかった。

歩くライムの額はしっとりと汗に濡れて、時折頬を伝って首筋にまで滴り落ちていく。ワナワナと小刻みに肩を震わせて、荒い息が漏れる。

切なげに眉を歪めて、へっぴり腰で膝を擦り合せてしまう。

その表情は、誤魔化しようがないほどに上気していた。

今日に限ったことではないが、これほど顕著に体が火照るのは今回が初めてだった。

(さすがは生殖能力を買われて異界から召喚されただけのことはある——か？)

この昂りの原因はハッキリしていた。

今泉徹——奴が召喚された際、その貧弱な体躯に誰もが疑問を持った。そしてそれを解消させるため、ライムはエミリアに手淫を命じられた。

頼りない外見とは裏腹に、腫れ上がった赤黒い亀頭に野太い肉茎。長さ、太さ共に実に見事なものだった。その熱さと硬さ、手の平から伝わる雄々しさに、エミリア以外の人物に興味を示すこともなかったライムの女の部分が震えた。

ピクピクと震え、手の感触に興奮しているのが伝わってくると、逆にライムの胎内がキュンと疼いてしまった。

そんなことを思い出しつつ、エミリアの寝室を掃除しながら濃厚な性臭を散々吸いこんでしまった結果、体の昂りが止まらなくなってしまった。

それに数日経った今でも、あの時の感触が手の平にまだ残っているのだ。

最初のうちは単なる錯覚だと思っていた。

徹の上で乱れるエミリアに魅入って、つい鼻息を荒くしてしまうものの、しばらくすると結合部から大量に溢れ出す精液に視線が集中してしまっているのである。

ライムが慕い、興奮しているのはエミリアの媚態であって、決して下賎な男などではないと何度も自分に言い聞かせるが、頭に思い浮かぶのは逞しい肉棒と多量の白濁液の熱さや臭いばかり。

しかもここまで体が昂ってしまっては、もはや誤魔化しようがなかった。

気がつけば、まだエミリアの入浴がすんでいないというのに、その脚は徹の部屋へと向かっていた。

(わ、私は……私はっ——)

体があの男を求めているのは、もう否定できない。だがそれはあくまで女としての本能の部分が雄を求めているのであって、決してライムが望んでいるわけではないのだ——と、まるで暗示のように頭の中で繰り返す。

ライムが本心から身も心も捧げているのは、主君のみなのだから。

そうやって、エミリア第一主義を貫こうとして、あることに気がついた。

今、体の疼きに任せて徹が待つ部屋に向かっている。そして自分がどのような行動を取るつもりなのか、渋々ながらも承知している。

ライムの手にその感触を刻みつけ、エミリアの純潔を奪った今泉徹。しかし考え方によっては、そのペニスで貫かれることで、ライムも敬愛する彼女と同じになれるのではないかと思えてきた。

自分があの男に夢中になるとは考えにくいが、エミリアと同じ——いわゆる竿姉妹になれる。現金なもので、そう考えればある程度抵抗感が薄れてきた。

他に問題があるとすれば、肌が白くいかにも魅力的なエミリアと違って、ライムはダークエルフ。肌は褐色で、どうしても見劣りしてしまう。そんな自分が相手で、徹がその気になってくれるのか、そこが心配だった。

しかし、そんなものは杞憂でしかなかった。

マナー違反だと理解しながらも、堪えられずに徹の部屋に押し入ってみれば、彼は下半身丸出しで勃起したペニスを握っていたのだ。

「き、貴様……」

その気になっているのが自分だけだったらどうしようなどと、一瞬でも本気で心配していたことが恥ずかしく思えてきた。

先ほどエミリアを相手に幾度もその欲望を解き放ったというのに、それだけでは飽き足らず、自ら慰めようとしていたのである。

突然現れたライムに動揺を隠せない徹。しかしこちらとしては好都合だった。

「……そのあり余る精力を頼もしいと取るべきか、判断に迷うところだが……まだ出し足りないのかお前は？」

呆れたように呟きながらも、しっかりと徹の股間を見据えながら、ゆっくりと近づいていく。

浮き出た血管がビクビクと脈動し、その凶悪な威容をさらに引き立てている。

「いや、これは……そのぉ……」

「お前が四六時中発情して雄のフェロモンを漂わせているから、私までっ……！」

「ぬぉおっ⁉」

これまで蔑むような態度ばかり取ってきたというのに、素直に体の疼きが止まらないと徹に訴えることが一番躊躇われていた。だが、そんなことを切り出すまでもなく、徹はエミリアとの情事だけでは物足りなかったと言わんばかりに、ペニスを大きく膨らませていた。

向こうの準備がすでに整っているのなら、もはや遠慮する必要はなかった。

自慰行為を見られたことで、冷や汗を流す徹に近づき、有無を言わさずにさっそくいきり立った肉棒をつかんだ。

（あの時より、格段に熱いっ……！）

手の平に伝わる熱さと鋼のような硬さに、ライムは堪らず驚いた。

先刻のエミリアとの行為が嘘のように、猛々しい感触が伝わってくる。

改めて、徹のペニスの存在感を思い知らされる。

触れているだけで、ドキドキと心臓が高鳴っていく。

本来であれば、視界に入れることすら憚られる男の象徴。それを自ら求めるなど、猛烈な羞恥を禁じえない。

「あのっ、ちょ……っ、ライム──さんっ!?」

「お、お前はおとなしくしていろ……!」

狼狽する徹を強引にベッドに座らせて、ライムは脚の間に体を潜りこませる。

ひざまずき、敬愛するエミリアを貫いた肉棒を凝視する。

入浴前で、軽く布で拭いただけということもあって、プンと精液の匂いが鼻につく。

室内に立ちこめた残り香と、ペニスから直接発せられる匂いを嗅ぐのとでは、刺激がまるで違う。これは徹の肉棒が放つ雄の匂いと相まって、強烈に女を引き寄せる。

それでもやはり、素直に徹に惹かれていることを認めるのは抵抗を感じずにはいられない。あくまでもエミリアの愛液の残滓に引き寄せられていると、信じたい。

ねっとりと絡みつくような匂いに誘われて、鼻先がペニスにくっついてしまいそうなほど顔が引き寄せられる。

そして──

「んっ……あむぅ」

衝動の赴くままに喰らいついた。


「うわぁああっ!?」

滑る口内に亀頭を覆われて、徹は思わず悲鳴のような声を張り上げた。

オナニーをはじめた途端に扉が開け放たれたかと思えば、もの凄い剣幕で迫ってきたライムがなにを考えているのか、突如徹の剛直をつかみ、咥えてしまった。

あまりの展開に、徹は慌てふためくことしかできない。

少なくとも、徹は彼女によい印象を持たれていないはずだ。

まだこちらに来て数日程度だが、ライムがエミリア第一主義であることくらいはすぐに理解することができた。そんな彼女からしてみれば、繁殖能力以外にこれといった特長のない徹など、邪魔者以外の何者でもないだろう。

それが今、艶かしい表情で勃起したペニスをしゃぶっている。

まったく状況が理解できず、混乱するばかりだった。

(な、なにがどうなってるんだ!? どうしてライムがフェラチオなんてっ……)

この数日間、毎日顔を合わせてはいるものの、基本的にはエミリアとの行為の後始末のために寝室を訪れた時に、一言もしくは二言言葉を交わす程度で、どこかしらでフラグを立てた心当たりはない。

実は一目見た時から——とも考えたが、さすがにそれは現実的ではない。

なにより、徹がそれほど容姿で女性を惹きつけられるのなら、元の世界で彼女の一人くらいいてもおかしくないはずだ。

「ちゅぱ……っ、ん、ちゅっ……これが、エミリア様を……んぢゅ、ちゅるっ」

そそり立つ肉棒に熱心に舌を絡め、熱い唾液を塗しつつ亀頭を舐め回してくる。

それでも、いやいやペニスをしゃぶっているようには見えない。

少なくともライム自身の意思によるものだ。

疑問は尽きないが、せっかく彼女がご奉仕してくれるのであれば、男として受け入れないわけにはいかない。

多少の混乱は拭いきれないが、ライムの行為を感じるままに受け入れることにした。

「ほぉぉおっ……まさかライムにご奉仕してもらえるなんて……っ」

嫌われていると思っていただけに、妙に感慨深いものがある。

亀頭どころか根元近くまであっさり呑みこまれ、鼻息を荒くしながらネットリと舌を擦りつけてくる。

歯を立てないように唇を肉茎に滑らせながら、亀頭から雁首まで激しく舐め回す。

ペニスを包みこむ唇の感触と、唾液で潤った口腔粘膜。そのうえザラつく舌が忙しなく這い回り、徹は快感に堪らず喘ぎ声を漏らしつづける。

「か、勘違いするなよ……誰がお前なんかのために……っ、んちゅっ、はぁ……私がお慕いしているのはエミリア様だけだっ……んっ、んふぅ……あの方と同じ刺激を、味わいたいだけだ……」

「……まぁ、そんなところだとは思ってたけどな……ぅおっ、そ、それでも……ライムのフェラが気持ちいいことには変わらないし……っ」

概ね予想通りの理由ではあるが、瞳を潤ませて頬を紅潮させながらペニスを咥えている姿は、なんとも言えないエロスを掻き立てられる。

「決して、お前を悦ばせるつもりは……ないっ！　はむっ、んっ、ちゅぷ……っ、それだけは、忘れるなっ……」

「はい、ツンデレツンデレ……んぉ、ぉおおうっ！」

理由はどうであれ、ペニスを口に含みながら上目遣いで凄まれても説得力は皆無。すっかり興奮しているライムの姿には、普段徹に対する棘々しさがまるで感じられない。おかげで気持ちのうえで幾分が余裕が生まれ、彼女はむしろ照れ隠しのためにエミリアを引き合いに出しているようにさえ思えてきた。

なにより、そうやって考えた方が徹自身より興奮することができる。

「んぶぅ……っ、く、口の中で跳ねてっ……んちゅっ、ぢゅる、ぢゅずぅ……っ」

敏感な部分を適確に責められて、徹は思わず腰を震わせて悶え喘ぐ。

反射的にペニスが震えてしまい、ライムは一瞬顔を顰めながらも唇を離そうとはせずに、鼻を鳴らして呻く。

「あぁ、ライムの口のなか、すげぇ気持ちいいよっ」

絶え間なく蠢きつづける卑猥な舌の動きに、徹の股間はすっかり蕩けて、繰り返し腰を痙攣させてしまう。

舌が持つ独特のザラついた感触に亀頭を撫で回されて、徐々に射精感がこみ上げてくる。舌先が雁首に押し当てられ、擦られるたびに股間の奥底からむず痒い感触が迫り上がってくる。

「んぢゅっ、ぢゅぷっ……んぷっ、んっ、こんなものが、エミリア様の膣内にっ……ちゅぷ、ぴちゃっ……んんんぅ」

悔しそうに呟きながらも、ライムは肉棒を包みこんでいる頬を窄めて激しく吸い上げてくる。滲み出すカウパー腺液を求めるように、強く鈴口を吸引する。

「ふぉおおっ！　こ、これはっ……やばいって……！」

まるで尿道口からすべて吸い出されてしまうような強烈な吸引力に、徹は堪らず腰を浮かせて喘いでしまう。

エミリアは何度となく徹のことを求めてくれるが、官能に溺れつつもその目的はあくまで新たな命を授かること。それに彼女は周囲から傅《かしず》かれることはあっても、自ら奉仕を行う立場にいないこともあってか、フェラチオなどの行為はこれまで一度もされたことがなかった。

その影響で、ライムの口内から送られる刺激があまりにも鮮烈で、どんどん射精衝動が高まってきていた。

我慢しようにも、欲望を吐き出したいという願望の方があきらかに大きい。

「ぢゅぽぢゅぽっ、んちゅぷ……んぶぅうんっ！」

しかしライムは徹の反応を気にすることなく、一切吸引力を緩めようとはしない。むしろ唾液に濡れた唇を引き締めて、さらに忙しなく頭を上下に振って激しくしごいてくる。

ジュボジュボと卑猥な音を立てて繰り広げられる熱心な奉仕に、徹は抵抗する気概すら削ぎ落とされて、幾度も腰を震わせる。

舌の感触だけでも全身が痺れるような官能に襲われるというのに、そのうえ強く吸い立てられては堪らない。亀頭から肉棒の根元まで、甘酸っぱい疼きが耐え難い射精衝動となって膨張していく。

「くおぉっ！　ら、ライムっ……出るっ！　そんなにされたらっ、もう……もう保たないって……っ！」

「んふっ、じゅるるるっ……！　す、好きなだけ、出せばいいだろっ……あふぅ、んんぅ……エミリア様にしているように、大量の精液をっ……ぶちまけろっ」

もごもごと、ペニスを咥えながら高圧的な口調で射精を促すライム。

少なくとも、エミリアにフェラチオをされたことはないのだが、毎日励んでいることもあって、とっくに経験済みだと思っているらしい。とはいえ、せっかく彼女がここまで奉仕してくれたのだから、ここで余計なことを口走って水を差したくない。

「はぁ、あああっ……！　出すぞっ、出すから……っ、あぁあああっ!!」

下手なことは考えず、口内の粘膜に擦りつけられる快美な刺激に身を任せる。

狂おしいほどの官能が徹の背筋を駆け上がり、下腹部の奥で燻る熱い塊が限界を迎えて迫り上がってきた。

そしてひときわ大きく腰が跳ね上がり、視界が弾ける。

「んぶふぅううううっ!?」

頭の中が真っ白になるほどの快感と同時に、口内に収められた肉棒が大きく震え、白濁の塊を解き放った。

大きく膨れたペニスから熱い滾りが濁流の如く噴き出したことで、それを口で受け止めたライムはくぐもった声を上げて悶える。

「むぶぅううっ！　むぐっ、んぐぅ……ぶっ、ぷはぁっ……ゲホッ、ゲホッ……！」

一瞬堪えようとしたものの、大量に吐き出される徹の精液は口内だけで収まりきるものではなく、咽せた拍子に派手に飛び散った。

「はぁ、はぁ……だ、大丈夫か……？」

「ケホッ……くぅ、ぅぅ……こんなに濃くて、喉に詰まるものだったとは……っ」

唇の端から精液を滴らせながら、乱れた呼吸を整えようと胸を撫で摩るライム。

口内に収まりきらなかった精液は彼女の顔を汚し、首筋に垂れた白濁液が胸元まで汚して、その姿が妙に卑猥でならなかった。

「すまん、我慢できなくて……」

「……まぁいい、次はこっちに出してもらうからな」

そう言って下半身を差すライム。

「い、いいのか？　本当に……」

「いまさらそれを聞くのか？」

「それは、そうなんだけど……」

「お、お前は黙ってエミリア様にしたことを、私にすればいい」

あくまで、敬愛する魔王様と同じ快感を得たいがために、徹に抱かれるつもりだと強調するライム。それが単なる照れ隠しなのか、本心からのものなのか、判断しかねるところではある。

しかし、徹にも男としての意地がある。

動機はどうであれ、射精力十八万以上の煩悩の逞しさを思い知らせ、徹の存在を彼女の肉体に刻みつけたい。

「それじゃあ、次は――うわっ⁉」

「挿入、するんだろう？」

顔を真っ赤にしたライムは、徹を突き飛ばすと馬乗りになって股間にまたがってきた。

タイトなミニスカートを強引に捲り上げて、薄布に包まれた股間を露わにする。

そしてショーツのクロッチを横にずらすと、恥毛に彩られた肉丘の中央でパックリと口を開いた陰唇が透明な蜜を滲ませて、挿入を待ち望んでいた。

「もう、濡れてる……？」

「う、うるさい……っ、余計なことは言わなくていいっ」

ばつが悪そうに、視線をそむけるライム。まだ触れてもいない膣口はしっかりと濡れていて、すでに挿入に充分な潤いを有していた。

それだけ彼女が期待していたのか、ペニスを舐めている間に興奮してしまったのか、じっくりと愛撫をしてライムの興奮を煽ってみたかったのだが、そんな必要もないほどに彼女はすっかり準備万端だった。

先日は自分が置かれている状況がわからず、慌てふためくばかりで、一方的な手コキでライムに射精させられてしまったが、今回は徹が力を見せつける番である。

「い、挿れるからな……っ」

徹は一度大きく深呼吸すると、依然としていきり立っているペニスを彼女の淫裂にあてがい、力任せに一気に押しこんだ。


「あぁあっ!?　んぐっ、ぁあああああっ!!」

ズンッと一息で膣洞を貫かれて、ライムの喉から絶叫が迸った。覚悟はしていたつもりだったのだが、いきなりの挿入に事態を把握するのが一瞬遅れた。

激痛が体を駆け抜け、ライムは大きく目を見開いた。

「……ら、ライム？」

さすがに異変に気づいたのか、徹が困惑の表情を浮かべる。

「も、問題ない……気にするな」

こちらから迫っておきながら、心配されてしまっては立つ瀬がない。

「なっ……ライム、血がっ!?　初めて……だったのか」

「……エミリア様と同じ痛みを共有できたんだ、うくっ……喜ばしいことだよっ」

破瓜の痛みが凄まじいということは、知識としては知っていた。それでもまさかこれほどのものだとは思わなかった。

一瞬息をすることすら忘れてしまったが、この程度で音を上げていては魔王の右腕は務まらない。

息を吐き出して痛みを押し殺し、どうにか声を絞り出した。

「大丈夫、か……？」

「も、問題ないと言った……っ」

体の内側から削られるような激痛だが、自ら押し倒した相手に心配されるのは酷く間抜けに思えて仕方がない。

顔を歪めながらも、痛みを堪えて気丈に振舞ってみせる。

徹はライムのことを気遣いながらも狭い膣内によって生じる圧迫感に、全身を震わせていた。

「んくぅ……はぁぁぁぁ……っ」

根元まで咥えこんだ肉棒の感触を確かめつつ、ライムは深々と息を吐いた。

膣口が、体の奥が痛くて堪らない。

結合部は破瓜の鮮血が滴っている。

焼けつくような痛みが全身を駆け巡る。

それでも意識だけはやけにはっきりとしていて、肉棒の感触ははっきりと感じ取ることができた。

「ほ、本当に……大丈夫か？」

突然部屋に押し入ってフェラチオまで行った者が、まさか処女だったとはまったく予想もしていなかったのだろう。

徹の狼狽ぶりは、見ていて滑稽に思えてくる。

「何度も言わせるなっ……エミリア様と、同じ痛みを味わえたんだ……んぅ、はうっ……エミリア様と——」

まるで呪文のようにエミリアの名を連呼していたせいか、これ以上の痛みが増すことはなかった。むしろ痛みに支配されているだけだったはずの膣内奥から、その痛みを打ち消そうとするような、なにかがこみ上げてきた。

額には珠の汗が浮かぶほどだった痛みに、早くも慣れはじめている自分の体に驚きを隠せなかった。

（意外と平気……か？）

依然として鈍い痛みはつづいているが、それと同時に痺れるような甘い疼きが確実に湧き上がってきていた。

ロストバージンして間もなく感じはじめるとは、さすがにライム自身も予想していなかった。

それだけ徹の肉棒から送りこまれる官能が大きいのか、エミリアに対する想いが破瓜の激痛をも上回ったのかは定かではないが、後者だと思いたい。

徹はできるだけライムを気づかうように、一転して腰の動きを極力抑え軽く揺すり、亀頭の先端で膣奥を擦ってくる。

時折、締めつけられる快感にビクンッと肉棒が根元から脈打つように跳ねた。

「はぁ、はっ、くうぅ……ライムっ」

心配そうにライムを見上げながらも、徹は肉棒を包みこんでいる熱い膣粘膜の感触に意識を奪われかけていた。

ライムとしても、このまま徹にまたがっているだけではエミリアと同じ快感を共有することはできない。

痛みは感じるが、もはや我慢できないほどではない。気づかなかったとはいえ、処女であるライムに乱暴な挿入をしてしまったことで罪悪感に苛まれている徹は、股間の疼きを感じながらも自ら動くべきか判断に迷っていた。

てっきり、欲望に任せて腰を振ってくるものと思っていたライム。

意外と理性的だったようだが、このままではなかなか動いてくれないだろう。

そんな徹を見下ろしながら、ライム自らゆっくりと腰を動かしはじめる。

「んぅ……はぁ、ぁあっ、好きなように動いて、構わんのだぞ……？」

まだ完全に痛みが消えたわけではないため、時折顔を顰めてしまうものの、感触を確かめるようにゆっくりと下半身を揺らしていく。

しばらく続けていると、クチュクチュといやらしい水音が聞こえはじめて、ライムは結合部から鮮血ではなく淫液が滲み出していることに気がついた。

痛みに慣れたのか麻痺してしまったのか、我慢する必要すらなくなってきた。

再度淫液が分泌されはじめ、膣内が徹の肉棒に馴染んできたことを、否応なしに思い知らされる。

これが彼のペニスの魔力なのかと、快楽に溺れるエミリアの姿が脳裏を過ぎる。

まるで自分が淫乱のようで少々複雑な気分ではあるが、大した時間も要することなく破瓜の痛みを克服することが出来たのだ。

そして、破瓜の痛みが薄れていく代わりに、少しの間忘れかけていた欲望が一気に膨れ上がっていく。

（私、感じはじめている……？　自分からペニスを求めて、腰を振って……）

強烈な快感が全身に駆け巡る。

雁首が、膣壁を満遍なく抉りながら出入りする快感。

肉棒の動きに合わせて、膣壁が忙しなく形を変える。

腰を振るたびに膣襞が擦られ、疼くような快感が背筋を駆け抜ける。

根元まで呑みこみながら、ライムは逞しい肉棒の雄々しさに身震いする。

むっちりと肉付きのよいヒップが徹の股間とぶつかり、パンッ、パンッと淫らな音を響かせた。

亀頭が奥まで届くたびに、反射的に悩ましい声が漏れ出て、次の瞬間には自らお尻を振り上げて、打ちつけている。

「はぅ、はぁあっ……ほ、本当に動いても、大丈夫そうだな……っ」

ライムの下で、荒い呼吸を繰り返す徹。

馬乗りになって腰を振るたびに、喘ぎ声を上げる。

つい先ほどまで未通だった膣内に動揺して動きが緩慢になっていたが、ようやくライムの反応に気づき、腰を動かしはじめた。

さっそく、呻くと同時に腰を浮かせてくる。

亀頭の先端が膣奥にぶつかって、蕩けるような衝撃が全身に響く。

「はうぅんっ……！」

膣内の感触に呻く徹を見下ろしながら、ライムも甘美な喘ぎ声を漏らす。

（これが――これがセックスなのかっ……ペニスが奥まで届いて……奥を擦って！）

肉棒に擦られる膣襞から、淫液が次々と溢れ出す。

滴る蜜が徹の下腹部を濡らしていく。

（確かに、気持ちいいっ……初めて、処女だったのにこんなに感じて……なんとなく甘く疼くような感覚……エミリア様が溺れてしまうのも――）

膣口をペニスの根元に強く密着させると、亀頭によって子宮口が押し上げられる。

そそり立つ肉棒を粘膜が圧迫し、ライムと徹が熱く溶け合っていく。

熱い膣粘膜が余すところなく肉棒を包み、うねる襞が根元からしごき上げるように強烈に締めつける。

「くうぅ……か、絡みついてくる！　これがライムの感触……」

繋がっている感触を確かめるように、徹は一定の間隔で腰を突き上げてくる。

鼻息を荒げながら快感を送りこむように腰を振り、湿った音が室内に響く。

次第に徹の勢いが増していく。

ライムの腰が浮かび上がりそうなほど、腰を強く打ちつけてくる。

突かれるたびに、上着のなかで乳房がたゆんたゆんと揺れる。

官能に硬くなった乳首が生地と擦れ合い、そこから生じる甘い感覚に体が痺れる。

「ああぁっ……あふぅ、んうぅぅ……ああぁっ！」

ピストンされるたびに、下腹部の奥が熱く溶けていくのを感じ、ライムの声があからさまな快楽の喘ぎへと変化していく。

亀頭によって、肉襞を擦られる愉悦に震える。

破瓜の鮮血と淫液に満ちた膣内への抽送は、非常にスムーズなものになっていた。

腰が打ちこまれるたびに膣内に官能が響き、断続的な快感が全身を襲う。

「やっぱりライムも、胸大きいよな……っ」

反動で揺れる乳房に目をつけた徹は、一瞬腰の動きを緩めるとライムの上着に手をかけた。

「お、お前っ……調子に——ふぁあっ！」

布を捲り上げてたわむ乳肉をつかむと、ライムの体がビクッと跳ね上がった。

「あぁ……ライムのおっぱい、大きくて柔らかくて……気持ちいいな」

「んく、ぁ、はあぁ……っ、そ、そんなことは、ないっ……んぁ」

「そんなことあるって……揉み応えがあって、形も綺麗だ」

「世辞など……い、いらないっ……」

「強情だなぁ……肌も綺麗だし、素直に受け取ってくれてもいいじゃないか」

そう言って、徹はライムの乳房を下から持ち上げる。

豊かな柔肉に指を食いこませ、卑猥に握り潰す。

力を緩めると、解放された弾力が弾け、いやらしく乳房が揺れる。

「んぁ、て、適当なことを、言うな……っ、私の肌が綺麗などとっ……」

「……もしかして、肌の色を気にしてるのか？」

「っ!? な、なにを言って――」

図星を指されて、思わず動きが止まってしまう。

これではライム自ら認めているようなものだった。

「大丈夫、ライムの体は充分すぎるくらい魅力的だって……エミリアにだって負けないくらいいな」

「お前の言葉など、信じられ――んんぅっ!?」

褐色の肌のライムと、雪のように白く美しいエミリアを比べて、同等だと言う徹の言葉など、到底信じられるものではない。

真っ向から否定しようとしたところへ、上体を起こした徹の顔が接近し、そのまま重ねられた。

唇が触れ合った。

温かな感触――その重なり合っている部分から、心地よい感覚が生まれる。

(な、なんだっ……唇だけじゃない……徹の手や体から、なにか温かいものが伝わってくるような……)

温もりだけではないなにかが、ライムの体をいっそう熱くさせる。

「言葉で理解してくれないなら、行動で示すからな……ライムの体がいやらしすぎるから、それだけ俺が興奮してるんだって……」

その心地よさに浸っていると、乳房をつかむ徹の手にさらに力がこめられた。

「ひうっ！　い、いきなり強くするなぁ、あむっ、んんぅうっ……」

思わず顔を離しても、追いかけるようにして徹の唇が重ねられ、キスをしたまま乳房をつかみ、捻るような動きを加えてくる。

しっとりと汗ばみ、張りのある乳肉が指で押されて卑猥に形を変えて歪んでいく。

たっぷりとした重量感を誇りつつ、まるで徹の手の平に吸いついているかのように変形していた。

「ぷはぁ……ライムの胸、すごくエッチでっ……触り心地も、最高だっ」

「は、恥ずかしいことっ、言うんじゃ……ふぁあっ！」

執拗に乳房を捏ね回されながら、徹の愛撫と言葉にライムは顔を真っ赤にして首を振り、羞恥を訴える。

徹の言葉に困惑するも、その声のなかにははっきりと悦びが含まれていた。

(私をエミリア様と比べるなどっ……でも、こいつが嘘をついているようにも……)

キスの柔らかな心地よさと同時に押し寄せてくる強い官能が、ライムの胸中に波紋を広げていく。

こみ上げてくる愉悦に表情が緩んでしまう。

徹はさらに手に力をこめて、乳房を歪ませながら揉み上げる。

「ライム、今すごくいやらしい顔してるな……それなら、もっと激しくしても大丈夫だよな？　っていうか、俺もう我慢できないんだっ」

卑猥に肉棒へとまとわりついていた膣襞の感触に我慢できなくなった徹は、たわわな巨乳をつよく揉み、緩やかになっていた抽送を加速させた。

「ふぁあああっ……!?　ぺ、ペニスっ……んぁあ、急に激しっ……あうぅぅっ！」

脳内を蝕んでいくような強烈な快感に抗えず、ライムは腰を叩きつけられるたびに艶かしい喘ぎ声を迸らせる。

張りつめた亀頭によって膣肉が抉り擦られる。ジュボジュボと聞くに堪えない淫らな水音が鳴り響き、溢れた淫液が徹の下半身を濡らしていく。

「ライムっ……くぅっ」

激しく突き上げながら、徹はライムの背中に手を回して体を引き寄せると、無意識のうちにライムも徹を抱きしめていた。

（どうして私がっ……こんな、自分からなんて……でもっ！）

エミリアと快感を共有したいという気持ちは、今でも変わらない。しかし、徹に対して抱いていたはずの嫌悪感も、驚くほど薄れていた。

抱き合って密着し、今感じている温もりを、本気で心地よいと思えていた。

（胸が、熱いっ！　徹に抱かれていると、我を忘れそうになる……っ！）

「はぁ、はぁ、くぅぅ……ライムの膣内、気持ちよすぎてっ、俺……そろそろっ！」

切羽詰まった声を漏らす徹。

「射精、するのか……っ、ひうっ、んはぁあ……あ、あれだけの、精液を……わ、私の膣内にっ……」

ゴクリと、喉が鳴る。

幾度となく目の当たりにしたエミリアの痴態。

彼女と同じように、大量の膣内射精によって納まりきらなかった白濁液が、まるで失禁してしまったかのように盛大に膣口から溢れ出す。

ライムも同様の醜態を晒すことになるのだと、想像するだけで胸が熱くなった。

淫裂には、赤く充血した陰唇を巻きこみながら、徹の肉棒が深々と突き刺さっている。腰を引いては大量の淫液を掻き出し、媚肉を捲り上げる。それが加速度的に繰り返されていく。

「んあぁあっ！　お、奥にっ……奥に刺さるっ！　はぁ、ぁあっ、んぅ……まるで頭のなかまで突き刺さってぇ……はぅう!!」

滾る肉棒が狭い膣洞を押し広げ、容赦なく蹂躙する。

「はっ、はっ……そ、そんなに気持ちいいのか、ライムっ……？」

そう呟きながら、徹は苛烈な勢いで肉棒を突き上げてくる。

「それは……んぁ、あっ、そんなわけ……私が、ぁっ、あんっ……私が……っ！」

「素直になれば、もっと気持ちいいぞっ……おぉ、ライムの膣内はこんなに悦んでるんだからなっ！」

荒い呼吸を繰り返しながら、徹のピストン運動がますます激しくなっていく。

力強い抽送に、ベッドが音を立てて軋む。

徹がそれだけライムの肉体に夢中になっているのだと、否が応にも突きつけられる。

(だからといって、いまさら……)

ライムの体はすっかり徹を受け入れ、悦びに満ちていた。

しかし、散々徹のことを毛嫌いしていることをあからさまな態度で示してきただけに、最後の最後で変なプライドが邪魔をする。

それでも徹は衝動の赴くままに猛烈な勢いで腰を振る。

もはや箍《たが》が外れる寸前のようで、張りつめた肉棒が大きく痙攣していた。

ライムも口にこそ出さないものの、本能的に膣肉を引き締めて徹の射精を促す。

お互いにより強い快感を貪るように、いっそう性器同士を摩擦し合う。

与えられる快感に思考が支配されて、気づいた時には両脚でガッチリと徹の腰を挟みこんでいた。

「うくぉおっ……こ、このまま出すぞっ!?　ライムの膣内に、全部出すからなっ!!」

徹は射精を宣言すると、滴る汗を気にもせず、ラストスパートをかける。

限界まで膨張した肉棒が膣粘膜を容赦なく押し広げて、子宮口を何度も叩く。

膣内で亀頭が大きく膨れ上がるのがわかる。

（く、くるっ……!?　あの大量の精液が、私の膣内に……っ!!）

切羽つまった肉棒の反応に、不安と同時にそれ以上の期待感が膨れ上がる。

そして、ズドンッと最後の一突きによって、蕩ける膣内で限界まで抑えられていた欲望が解き放たれた。

――ドビュッ、ビュグッ、ビュルルルルルッ!!

「ひぎっ……んぁあっ、ふぁあああああ!!」

しなるペニスから勢いよく放たれた精液の迸りを受けて、絶頂へと達したライムは、仰け反りながら黄色い悲鳴を張り上げた。

頭の中で閃光が発し、絶頂の衝撃に震えながら徹にしがみついた手足に力をこめて、肉棒を奥まで招き入れようとする。

（ああっ!!　こ、これが膣内射精っ!?　エミリア様を虜にしたっ……やっぱり、多すぎて膣内に収まりきらない……っ！）

悦楽の衝動に絶叫し、だらしなく舌を垂らしながら官能に打ち震えるライム。

内側から注ぎこまれた多量の精液によって、下腹に膨らみが生まれた。

逞しい肉棒によって膣口が塞がれているものの、到底押さえきれるものではなく、結合部の隙間から勢いよく白濁液が噴き出していた。

「はぁ、はぁ……うぅぅ、これで、全部だ……だ、大丈夫か……?」

「んぁあああっ！　精液っ、なかから、押し上げられてぇ……んぃいいっ!!　こ、壊れるぅぅ……っ」

収まりきらないほどの射精を受け止めて、ライムは苦悶と快楽に打ちのめされ、呻くように喘ぐ。

(これほどの衝撃……エミリア様は、何度も……)

徹が大きく息を吐き出し、膣内で脈動していたペニスがおとなしくなった頃、ライムは飛びそうになった意識を辛うじて繋ぎ止め、体を預けるようにして全身を弛緩させていた。

隙間から溢れてはいるものの、未だ肉棒によって栓をされているおかげで子宮はパンパンに膨らんだまま。ピクピクと苦しそうに痙攣していた。

「す、少しやり過ぎたかな……?」

徹は体に力の入らないライムを繋がったままベッドに横たえてから、体を離す。

精液を膣内に追いやっていた押さえがなくなると、肉の栓を引き抜いた瞬間、大きく開いた膣口から濁流のように白濁液が噴出した。

「んひっ、ぁ、あおっ……あっ、あぁぁぁぁ……っ」

はしたなく大きく脚を広げながら、まるで排泄するかのように大量の精液が逆流して溢れ出す感触に、艶かしく喘ぎながら下腹部を震わせていた。

(こんなの、すごすぎて……おかしくなってしまう……)

大量に注がれた精液を腰を揺さぶりながら撒き散らし終えると、ライムは息も絶え絶えになって宙空を見つめる。

「はふぅ……んっ、イッてるライム、すげぇ可愛いな……」

乱れた呼吸を整えながら、ベッドに沈むライムの頭を優しく撫でる。

「ま、まだ言うのか……」

この期におよんで、素直に受け入れられない自分の性格が恨めしい。

あれほど盛大な絶頂を迎えておきながら、いまさら意地を張ったところで、徹の目にも虚勢を張っているようにしか映らないだろう。

「でも、気持ちよかった……だろ?」

「答える必要は、ない……」

「相変わらず、素直ではないな」

「でもそこがライムらしいんじゃないか?」

「そうかもしれないが、ここはやはりライムの口から素直に気持ちいいと言わせたいではないか」

「まあ、否定はしないけど――って、エミリアぁああっ!? い、いつから……っ!!」

「二人がキスし合ってたあたりからだ……ライムの姿が見えなかったからな。もしかしたらと思って来てみたのだが――」

ニヤリと不気味な笑みを浮かべながら、バスローブ姿のエミリアが徹の隣で脱力したライムを見下ろしていた。

「エミリア、様っ……!」

膣内を圧迫するペニスの存在感にばかり気を取られて、彼女に覗かれていたなど、まったく気づかなかった。

エミリアの目を盗んでの今回の行動、許しを請おうにも弛緩した体に力が入らず、だらしのない格好で主君を見上げることしかできない。

「なぁ、ライムは悪くないぞっ……お、俺が我慢できなかっただけで――」

「別に余は怒ってないぞ。むしろ嬉しいぐらいだ」

慌ててフォローを入れようとした徹に対して、微笑を浮かべるエミリア。

「……嬉しい？」

「ようやくライムも自分の欲望に忠実になってくれたのだ。特にトオルが来てからは、余の体に付着した精液に熱い視線を送っていたな」

「いえ、それは……」

徹自身に興味があったのは事実だが、それだけではない。

ライムにとってはエミリアこそが唯一無二の存在であって、彼女と激しく交わりを繰り返す徹のことを羨ましいと思っていたのである。

熱い視線を向けていたのも、入浴の際に快感に蕩けて上手く体が動かないエミリアに代わってその滑らかな肢体を洗っていたことが原因だった。

肌理細かな肌に、乳房の張りと弾力。むっちりとした太腿などに触れられる時間は、ライムにとって正に至福の一時だった。

ついうっかり鼻息が荒くなったりしてしまっていたが、まさか徹とのセックスを羨ましがっていると思われていたとは予想外だった。

「それに、前にも言ったはずだ。ライムならば徹と子作りしても構わないと」

「わ、私は別に――」

確かにそのようなことを言われた記憶はあるが、どうやら本気だったらしい。

勝手に徹に手を出したことを咎めるどころか、エミリアは上機嫌だった。

「誤魔化さなくてもいい……まあ、できれば余も混ぜてくれれば、もっと嬉しかったのだがな……」

「さっきあれだけしたのに……？」

「トオルも人のこと言えないではないか」

「うっ……それは、そうなんだけど」

今し方盛大に射精したはずのペニスは、依然として硬さを保ってその存在感をアピールしていた。

まさに驚異的な生殖本能である。

「今度は、余も混ぜてもらうぞ」

じゅるり――と、涎を啜るエミリア。その瞳はまるで猛禽類が獲物を狙うかの如く爛々と輝きを放っていた。

「え、エミリア様……まさかっ……!?」

「ふふっ……ライムの淫らな表情、もっと見てみたいな」

天使のような悪魔の笑顔を浮かべながら、未だ絶頂の余韻が残る体を抱き起こすエミリア。そして視線を徹に向けて、第二ラウンドをはじめるように促す。

「とんでもない主人だなぁ……」

「魔王だからな……それに、トオルの凶悪なチ×ポほどではない」

エミリアの行動に呆れたようにため息を漏らしながらも、徹もすっかりやる気になっていた。ピクピクと勃起した肉棒を震わせて、ライムの体に手を伸ばす。

「ひぁっ……ふ、二人ともっ、そんなっ……だ、ダメっ！　んぁあっ、ま、また入ってきたぁあっ!!」

二人は満面の笑みを浮かべ、徹はライムの体を再び抱え上げると、エミリアにもよく見えるように背面座位で再びペニスを挿入した。

そしてエミリアは手の平では覆えないほど豊かな柔肉をやんわりと揉んでいく。

「ライムのいやらしい声、もっと聞きたいぞ……チ×ポをズボズボされて、すごく悦んでいるではないか。乳首までこんなに……」

ライムの悶える様子に興奮した面持ちのエミリアは、抽送に合わせて揺れ躍る乳肉に指を沈みこませていく。

悩ましく体をくねらせる媚態に、徹の腰使いにも力がはいる。

「はぁ、んっ……余まで、興奮してしまうな」

ライムの痴態を目の当たりにして、熱い吐息を漏らしながら乳房を弄るエミリア。

つい先ほど入浴を終え、落ち着きを取り戻したかと思えば、早くも疼きはじめていた。

バスローブをはだけさせ、ほんのり桜色に紅潮した柔肌を晒していた。

陰唇がわずかに広がり、滲み出した淫液でぬめる花弁がヒクついては充血した媚肉を卑猥に覗かせていた。

ぷっくりと膨らんだクリトリスも垣間見え、羨ましそうにヒクヒクと蠢いていた。

（あぁ……エミリア様が、私の痴態に興奮して……）

徹のペニスによる快感はもちろんだが、はしたない姿を晒しているライムを目の当たりにしてエミリアが体を火照らせていると思うと、余計に体が昂ってきた。

艶かしい艶声をこぼしながら、肉付きのいいヒップをいやらしく揺さぶる主の姿に、途方もない興奮を覚えてしまう。

徹は背後から肉棒で貫き、エミリアは正面から乳房を揉みしだく。

元々体に力が入らないこともあって、ライムは完全になすがままの状態だった。

単純な上下運動だけでなく、腰で円を描くように揺さぶり責め立てたり、変化を加えて官能を煽ってくる。

「ひはっ、ぁああ……ペニスで貫かれながら、エミリア様に胸、揉まれてぇ……あっ、はぁ、はぁあんっ！」

ねっとりと濡れそぼった膣襞が、堪らずペニス全体に絡みついていく。

「いい表情だ、ライム……羨ましいぞ。トオルのチ×ポは気持ちいいか？」

鼻息を荒くして結合部を覗きながら、エミリアは羨望の眼差しで蕩けた表情を覗きこんでくる。

「そ、それはっ……ふぁ、ぁあああっ！」

「ライムの膣内、ウネウネ動いて絡みついてくるっ……！」

「ふむ……体の方は素直なのだな」

しっとりと汗ばむライムの乳房を揉みしだいていくエミリア。

すでに硬く勃起しているピンク色の乳首を親指と人差し指で摘み、こよりをつくるように捻りながら刺激を加えていくと、その快感を徹に伝えるかのように膣肉が蠢き、肉棒を締めつけていく。

舐め回されているように、ねっとりと絡みついて蠢く膣襞の心地に、徹は堪らず身震いしてしまう。

適確な愛撫によって否応なく昂っていく肢体。

徹の相手だけならばともかく、エミリアにまで愛撫されてしまっては、もはや感情の抑制などできなくなっていた。

ざわめく官能に身震いする徹も、エミリアに負けじと窄まる膣穴を勢いよく貫いてくる。粘膜が擦れるたびに、先ほど流しこまれた精液と同時に、新たに分泌されはじめた淫蜜が掻き出されていく。

湧き上がってくる快感に歯を食いしばりながら、徹は腰を突き上げる。

「んんっ……はぁ、はあぁっ……奥に、硬いのがぶつかって……ペニスがっ、グリグリ擦れてっ……あひっ、んぁああっ！」

乳房への愛撫に喘ぎながらも、自然と尻肉を弾ませて悦楽を求めてしまう。

広げられた膣口を食い締めて、自ら体を前後に揺さぶっては膣粘膜とペニスを擦り合わせる。

肉棒が根元まで押しこまれるたびに、膣内に滲み出した淫液が圧力に堪えきれず結合部の隙間から溢れて、ブチュブチュと淫猥な水音を響かせる。

「ふふっ、ライムのそういう顔が見たかったのだ……いい顔をしている」

「恥ずかしいですっ……私の、ふぁ、このような姿をっ……エミリア様に、見られているなんて……んぃ、ひくぅうんっ！　はぁ、あぁ……私はっ、私はぁ……！」

膣内を圧迫するペニスの感触に震えながら、あられもない嬌声を上げるライム。

そんな痴態を敬愛するエミリアに食い入るように見つめられると、余計に体が熱く敏感になっていくような気がしてならなかった。

「ライムのマ×コ……本当に美味しそうにトオルのチ×ポ咥えているぞ？　はあぁ、羨ましいほどにな」

「え、エミリアとだって、さっきしたばかりじゃないか……」

生々しい水音を立てて淫裂から出入りするペニスに羨望の眼差しを向けるエミリアに、徹は少々困惑気味に呟く。

入浴を挟んだとはいえ、先の子作りからあまり時間も経過していないというのに、すっかり欲情してしまっていた。

最近まで性的快感とは無縁の生活を送ってきた反動もあるのだろう。

徹の傍にいるだけで体を火照らせ、貪欲な野獣へと変貌してしまう。

徹のような、並外れた精力の持ち主でなければ、今頃干涸びていたかもしれない。

もっとも、徹が相手だからこそ、これだけ貪欲なのだろうが。

「ライムの次は、余の番だぞ」

「呆れたタフネスだな……」

「それをトオルが言うか？　余が入浴中に二人だけで楽しみおって……」

わざとらしく拗ねたように呟くも、その表情は笑みを浮かべていた。そしてエミリアは踊るように弾む乳房に顔を寄せ、その先端にぷっくりと膨れた乳首を口に含んで吸引する。

唇を開いて乳輪まで口に含むと、首を振りながら音を立てて吸い立てていく。

「んひぃいっ!?　え、エミリア様ぁ……っ！」

「んちゅう、ちゅるるっ……んはぁ、美味だな、ライムの乳房は……」

ペニスを咥えこみながら乳首を吸われ、ライムは敏感に反応する。

「ふぁっ!?　やぁあっ……ち、乳首噛んではっ……んくぅ、し、痺れてっ！」

主に乳首を責められ、軽く噛まれた拍子に感電したように肩を震わせる。

敏感な先端を集中的に刺激されて、ライムの柔肌が愉悦に粟立つ。

その刺激に触発されて膣内の柔襞が蠕動し、咥えこんでいた肉棒にも快感が伝播して、徹は思わず腰を震わせて呻き声を上げる。

「ぉおおっ……！　膣内がまた一段と強く締めつけてきたぁ……っ」

収縮した膣肉が亀頭から根元まで容赦なくしごき、ライムを抱える徹の腕にもいっそうの力がこめられていく。

目の前で繰り広げられる、女の淫靡な絡み合い。その淫らな光景に、徹のボルテージもぐんぐん上がっていく。

妖しく蠢く膣内の感触に押され気味ではあるが、男としてのプライドに火がついてしまったらしい。エミリアに向きがちの意識を引き戻すように、腰に力をこめて肉棒を膣奥まで力強く押しこむ。

「んほぉおっ！　あぅ、んあぁっ！　き、急にっ、そんな……っ！」

エミリアからの刺激を吹き飛ばしてしまう勢いで、思いきり腰を振り立てる。

膣内に肉棒を奥深くまで沈みこませては、引きずり出して、また沈めていく。

充血して濡れそぼった花弁が、巻きこまれては鮮やかな色を晒して捲れ上がり、再度裏返って押しこまれる。

「ふぁあっ!?　あああっ……エミリア様ぁあっ、恥ずかしいですっ、こんなに激しくされたらっ……んあっ、あ、あうぅ……奥まで響いてっ、もうっ――!!」

二人からの愛撫と挿入していた肉棒の感触に、徐々になにも考えられなくなってきた。ライムは一突きごとに敏感な反応を返しては艶かしい喘ぎ声を溢れさせ、しなやかな肢体をくねらせる。

脳天を貫くような強烈な快感と同時に、エミリアに痴態を晒している状況が際限なく興奮を募らせる。

徹は淫液で濡れそぼった膣内を力任せに攪拌していく。

「んふっ……どうだ、ライム？　トオルのチ×ポは気持ちいいだろう？　ライムも一緒なら、余はもっと気持ちよくなれるような気がする……」

「はぁ、はぁ、ぁああっ……エミリア様と、一緒に……？」

鼓動が一気に跳ね上がる。

ライムが求めていたのはエミリアである。

最初はからかわれているだけだと思っていたが、淫蕩に潤みはじめた彼女の瞳から偽りの色はまるで見受けられない。

エミリアが求めてくれるのなら、徹に対して抱いていたわだかまりなど無に等しい。

「余は、ライムの本音が聞きたい」

「はうぅ……そ、そんなふうに言われてはっ……抗えないでは、ないですかぁ！　浅ましくペニスを求めてしまう姿をっ、エミリア様に晒すなどとぉ……!!」

急激に昂っていく衝動を抑えきれず、ライムは身をよじって官能を迸らせる。

余裕のないその痴態に呼応するように、膣内で暴れる肉棒も差し迫った射精衝動を伝えるように、ビクビクと震えはじめていた。

「こ、このまま……このまま出すぞ、ライムっ!!」

ぐっしょりと濡れた膣内で、肉棒がひときわ大きく膨れ上がっていく。

「あぁあっ、ペニスが大きくっ……! んあぁぁっ、く、くるっ……わ、私もっ……すごいのがぁ、くるっ……ぁあああっ!!」

大きく開いたライムの唇から、悦楽の叫びが迸る。

腰が激しく跳ねてのたうち、潤った膣肉が痙攣を起こして咥えこんでいる肉棒を凶暴なほど食い締める。

まさに搾り取ろうと粘膜が蠕動する。それに引きずられるようにして、徹の限界もあっさりと突破した。

「うぐぅ……んんんっ!!」

堪らずペニスが脈打ち、劣情のままにライムの膣内に精液を放出した。

——ブビュッ、ドビュルルルルッ!!

「んぃいっ、ぁああああっ!!」

電撃のような快感が、脊髄から脳天へ突き抜けていく。

膣内に膨大な量の精液を注がれ、ライムは全身を痙攣させながら、エミリアの目の前でだらしない悲鳴を上げて絶頂に達する。

「くぉおおっ……！」

断続的に熱い弾丸が打ちつけられて、ライムはさらに嬌声を迸らせた。

「あっ、あぁぁ……せ、精液ぃ、ドクドクって、入ってきたぁあぁあっ……膣内に、熱い精液がぁあっ……んひぃいいいいっ!!」

おびただしい量の精液によって、再び子宮が限界まで引き伸ばされ、ガクガクと体を痙攣させる。

大きく口を開いたまま顎を仰け反らせ、体を捻る。

「ライムの胎内が、トオルで満たされているのだな……」

盛大に流しこまれた精液によって張りつめた腹部を摩りながら、うっとりと呟くエミリア。苦悶と悦楽が入り混じり、ただひたすら狂乱しつづけるライム。

「はひいぃぃ……お、お腹っ……精液で、いっぱいにぃ……んんぅ、あおぉぉ……っ！」

ありったけの精液を注がれ、ライムは体を硬直させる。

「はぁ、はぁ、はぁ……今度は、派手にイッたなぁ」

疲労感を滲ませながら、徹はライムの膣内からずるりと肉棒を引き抜いた。

「んはあぁぁぁ……！」

先ほどと同じように、肉栓を引き抜いた途端、膣口から大量の精液が飛沫を上げて噴き出した。

「改めて見るとすごい量だな……まるでライムが失禁しているようだ」

普段は自分が同じことをしているのかと、感心するように精液が逆流する膣口を、ニヤニヤと眺めるエミリア。

「あっ……あぁぁ、はぁ、あふぅぅ……んぉっ、ふほぉお……っ」

激しい羞恥に苛まれながらも、弛緩した体はまったく動かない。

ライムはエミリアの視線に恥じらう余裕もなく、ケダモノじみた喘ぎ声を上げながら、大量の精液を撒き散らす。

やがて逆流も治まると、忙しなく肩を上下させて呼吸を繰り返しながら、虚ろな瞳のまま絶頂の余韻に酔いしれる。

ぐったりと体を投げ出しながら、ライムはうっとりと中空を見つめていた。

「それでは、次は余の番だな、トオル」

「ほ、本当に元気だなぁ……」

艶を含むエミリアの声を耳にしながら、ライムの意識はそこで途切れた。

Ⅲ 勇者昇天 快感に負けちゃった

かつて、人間は魔物との戦いに辛くも勝利し、この大陸に平和が訪れた。

その戦いを勝利へと導いた者を、人々は勇者と崇め、指導者として国を繁栄させてきた。

しかし、いかに勇者といえど魔物を根絶するまでには至らなかった。

個々の能力では人間を凌駕するものの、圧倒的な数の差に屈することとなった魔物は、大陸の北方に追いやられることになる。それでも彼らは生き残り、団結してその一帯を制圧し、魔物たちの国を造り上げた。

先の大戦でお互いに疲弊し合っていたこともあり、新たな戦いに発展することはなかったものの、北方の一帯を魔界、そこに巣くう人外たちを魔族と呼び、人間たちの住む世界との明確な境界線が引かれることとなる。

そして魔物たちを統べる人類の敵を〝魔王〟と呼ぶようになった。

大昔の出来事であり、真偽こそ不明ではあるが、これが人間界における魔王誕生の言い伝えだった。

（今日で何日目なのかな……）

捕らえられて早数日、パトリシアは自身の不甲斐なさに落胆していた。

魔族から人間の平和を勝ち取った勇者の末裔であり、自分の代で真の平和を築いてみせると、民に誓った。

そして魔王が人間を滅ぼすために魔獣を召喚する儀式を行うという噂を耳にして、単身乗りこんだはいいものの、結局力及ばず囚われの身になってしまった。

目の前で召喚されたのは魔獣ではなく、どう見ても無力なただの青年だった。

おそらくパトリシアの襲撃に合わせて、人質として召喚されたのだ。

彼に気を取られていたとはいえ、捕まったのは自身の未熟さ故。

しかし、監禁されてしばらく経つというのに、魔王が魔獣を召喚した気配はない。

外の情報を得られる立場にないとはいっても、それほど大それた魔獣ならばその禍々しいほどの魔力を察知することができるはずなのだが、まったくそれを感じない。

最近になって、初めからパトリシアを誘《おび》き出すための罠だったのではないかと考えるようになった。

捕まったとはいえ、召喚の噂が誤情報であれば、それに越したことはない。

自分が動けない状態で魔獣が人間界に解き放たれてしまえば、想像を絶するほどの被害を被ることは目に見えている。もしそうなれば、悔やんでも悔やみきれない。

（……それにしても、魔王はなにを考えてるんだろう）

パトリシアの身柄を拘束して数日が経過するも、特になにかされるわけでもない。

魔王が人類最大の敵であるなら、勇者は魔族にとっての天敵である。

しかし、現状これといった動きはない。

てっきり、見せしめに公開処刑されるものと、悲観的なことばかり考えていたパトリシアだったが、実際はまるで違う待遇が待っていた。

ライムの一撃で意識を失った後、目を醒ました時にはこの地下に幽閉されていた。

牢獄といえば、無骨な石造りで窓がなく、じっとりと湿ったようなカビ臭い匂いが充満している場所を想像していたのだが――

多少古びてはいるものの、床には絨毯が敷かれてベッドなどの最低限の寝具まで備えられていた。壁には燭台が設置されており、常に灯りを点けられるようになっている。運ばれてくる食事も、質素なものではない。

地下ということもあり、陽の光を取りこむことができないことを除けば、魔族の宿敵である勇者への待遇としては、破格のものだろう。

一見すると、客室と見間違えてしまいそうなほどだ。

あまりにも不自然すぎる。

また、この城に乗りこんで召喚の儀式を行っている地下に向かう際にも、立派な装飾が施された石造りの城の様式には、王宮に近いものを感じた。

さらに、様々な花々が咲き誇る見事な庭園まで目にしていた。

魔王の城といえば、城門には悪魔的な石像が置かれ、禍々《まがまが》しいサバトが繰り返されているような常に闇に閉ざされているものを想像していた。

ところが実際は燦々と降り注ぐ日差しを浴びて草花が生い茂り、手入れの行き届いた城内は清潔感に溢れていた。

禍々しいどころか、むしろ神々しささえ感じてしまった。

とても人間の敵が巣くっている城だとは、到底思えないほどだ。

（まさかね……きっとこれもボクを油断させる罠に違いないんだっ）

一瞬でも、魔王は言われているほど残虐ではないのかもしれないと考えてしまった思考を拭い去る。

仮にそうだとしても、人間にとって魔族の存在が脅威であることに変わりはない。

実際に人間を襲っているのは事実なのだから。

しかし、これが再びパトリシアを陥れるための策略だったとしても、すでに捕らえている者を好待遇で迎える理由がわからない。

武器や鎧一式を没収され、丸腰の相手に取り繕う必要など皆無。

剣こそなくても、相応の術を行使することは可能なのだが、室内には対魔術用の霊装が施されていて、力技に訴えることもできなかった。

それでもパトリシアをわざわざ生かしておく意味など、どこにもない。

考えれば考えるほど、魔王エミリアの意図がわからなくなっていく。

とにかく魔族は敵だと割りきれれば楽なのだが、監禁されてはいるものの、これといった仕打ちもされず、無駄に時間を持て余していることもあって、気がつけば余計なことばかり考えてしまうのである。

（なんにせよ、ここから出ることができれば……）

エミリアがなにか企んでいたとしても、パトリシアが脱走してしまえば、それも成立しなくなる。ゴチャゴチャ考えるよりも、行動を起こせればいいのだが、現実はそれほど甘くはない。

食事は堂々と入り口の鍵を開けて室内に運ばれてくる。その隙を突いて給仕を昏倒させて脱走することも考えたが、基本的に監禁中のパトリシアの食事などはライムが用意していた。

完全装備した状態で初めて対等以上に戦える相手に対して、不意を突いたところで丸腰の状態では彼女を倒せる自信がなかった。

おそらく確率はゼロではないだろうが、あまりにも分の悪い賭けになる。

今日もまた、結論の出ない脱獄計画を練っていると、不意に入り口の前にこれまで感じたことのない気配がやって来た。

☆

「こっちの世界の生活にも、すっかり慣れてきたなぁ」

種馬という、とんでもない理由で召喚されたとはいえ、毎日ピンク色の生活。

衣食住、人間の三大欲求を悉《ことごと》く満たしてくれる。

まるで女運のなかった元の世界のことを、最近はあまり考えなくなっていた。

(もっと真剣に考えるべきか……?)

呼び出すことができるのなら、送り返すこともできるはずだ。

住み慣れた元の世界に帰るべきなのか、ここに残るべきなのか。

「…………」

仮に帰ったとして、これまで通り女っ気のない毎日が待っているだろう。

その一方で、膣奥を貫く深い挿入感に、たわわな乳房を派手に揺らしながら、蕩けた淫声を張り上げるエミリアとライム。

「ここに、残ろう……」

考えるまでもないことだった。

巨乳美女に囲まれる潤った人生と、男一人で乾いた人生など、比べることすらおこがましい。

いきなり子作りというのは、さすがに飛躍しすぎているものの、彼女ほど美人の子供で、もし女の子だったのなら将来は相当期待できるだろう。

魔族という種族に、最初こそ戸惑いを覚えたものの、話してみればエミリアとライム以外の者も、存外親しみやすかった。

人間が敵視するほど、彼女たちは害のある存在ではない。

どうにかしてパトリシアの考えを改めさせることができないものかと、最近になって考えるようになっていた。

「……ん？」

部屋を出て適当に歩いていると、中庭に座りこんでいるカーデスを見つけた。

魔王の城といえば、ゲームなどでは暗雲が立ちこめて殺風景、枯れた木々には烏などの不吉なイメージのある鳥が群がっている。そんなおどろおどろしい想像をしていた徹だったが、実際に目の当たりにした魔王城は、日の光を浴びて緑が生い茂る立派な宮廷だった。

中庭の花壇も手入れが行き届いており、蝶が飛び交い、小鳥の囀《さえず》りさえ聞こえる。

ここにきてからというもの、徹が抱いていた魔界のイメージは、悉く打ち砕かれていた。

そんな中庭で、紫色の肌に筋骨隆々で鬼のような体軀をしたカーデスが、なにやら物思いに耽っていた。

本人には悪いが、これは少々不気味だと思わざるを得ない。

とはいえ、いかにも屈強な戦士であるカーデスが花々に囲まれているのは、否が応にも目を引かれてしまう。

気がつくと、徹の足は彼の元へと歩を進めていた。

よほど真剣に思案に暮れているらしく、近づく徹にまったく気づかないカーデス。

手元でなにかをしながら、小声でなにやら呟いていた。

(なにやってるんだ……?)

徹はゆっくりと近づき、耳を欹《そばだ》ててみる。

「我輩は最強、強い、カッコイイ……最強、強い、カッコイイ……」

怪しげなことを呟きながら、手にしていた花からチマチマと花弁を一枚ずつ抜いていくカーデス。

（は、花占いっ!?）

　ガチムチマッチョには、あまりにも不釣り合いな行動に、思わず卒倒しそうになる。

　呟いている単語も無茶苦茶なら、その光景もとにかく不気味だった。

　堪らずよろけた拍子に小枝を踏んでしまい、さすがのカーデスも徹の存在に気づいて振り返る。

「お、お主は……」

「やぁ……なに、やってるんだ？　こんな場所で……」

　なにも見ていないと、今やって来たばかりだと取り繕う。

　徹としても、自分よりも二回りは大きく屈強な体躯をした人物が膝を抱えて花占いに没頭していたなど、少しでも早く忘れてしまいたかった。

　急いでこの場から逃げ去ってエミリアの胸にでも飛びこめば、簡単に忘れられるかもしれないが、目が合ってしまった以上いきなり踵を返すわけにもいかない。

　徹がやって来たことで、カーデスは種馬の第一候補から蹴落とされてしまったこともあって、城内で最も声をかけづらい相手だった。それは彼も同じかと思いきや、特に嫌悪される様子も見受けられなかった。

「なに、この我輩でもアンニュイな気分になるのである」

「あ、アンニュイって……」

これまた似合わない単語が飛び出してきた。

しかし、本人は至って真面目な様子。

とてもふざけているようには見えなかった。

「かつて我輩は、自分こそが最強だと信じて疑わなかった。しかしエミリア様には言うに及ばず、腹心のライム殿にもコテンパンにやられる始末。そして今度こそ、射精力では誰にも負けないと確信していた矢先、徹殿が現れた……我輩は、自信を失ってしまったのである」

どうやら相当面倒な状況に遭遇してしまったらしい。

一見すると鬼のような風貌だが、その実は意外と繊細な御仁だったようだ。

初めて玉座で顔を合わせた時は、無意味な自信に溢れていたこともあって、ただの〝脳筋〟というのが、率直な第一印象だった。

本気で落ちこんでいるようだが、その屈強な体躯で膝を抱えてうずくまっている姿は、この花壇ではあまりにも異質だ。

それに、精力以外に取得がなく、強さとは無縁の徹には、彼の悩みを解決するだけの材料は持ち合わせていない。

アドバイスしようにも、なにも思いつかなかった。

（俺の射精力は天然だから鍛え方なんて知らないし……エミリアとライムの強さなん

て、まったく未知の領域なんだよなぁ。特訓あるのみ――っていうのもちょっと）

「どうにかして、我輩の力を知らしめるよい方法はないものか……」

「いや、その前にレベルアップする方法をだな――」

「名の通った強者を我輩が叩き伏せるというのは、なかなかに魅力的なのだが……」

「だからまずは今以上に強くなる努力を――」

「はっ!!　い、いるではないかっ……我輩の名を一躍轟かせるに足る強者がっ！」

「聞けよ、人の話――って、全然聞こえてないな」

前言撤回。

とてもではないが、繊細な御仁ではなかったらしい。

自分には人を見る目がないと痛感させられた。

勝手に落ちこんで、人の話を聞こうともせずに自己完結させてしまった。

彼がなにを考えているのかはわからないが、なにやら打開策を思いついたらしい。

今し方まで落ちこんでいたのが嘘のように、晴れ晴れとした表情で立ち上がると、
いきなり早足で歩き出した。

なんとなくいやな予感がした徹は、慌ててカーデスの後を追いかける。

「お、おいっ……！　どこに行くんだよ!?」

「我らが宿敵、勇者パトリシアの元へだ！」

「なんでさっ!?」

「奴はあのライム殿でさえ手に余る難敵！　そんな者を我輩が討ち倒せば、間接的にライム殿をも超えたことになるではないかっ！」

なぜか興奮気味に捲し立てるカーデスだが、彼の言動が徹には理解できなかった。ライムにも歯が立たないというのに、その彼女と同等以上の実力を誇るパトリシアと戦って勝機などあるはずがない。

どう考えても、単なる自殺行為である。

「勝算はあるのかよっ」

「当然だ！」

「……なんでそんなに自信満々なんだよ」

「当たり前だろう、丸腰の相手になにを恐れる必要がある！」

「なっ!?　そんな卑怯なっ！」

「なにを言うか！　強者とは、何時でもどこでも誰とでも——常に臨戦態勢でいるものなのだっ！　武器を持っていないからなどと、言いわけにならぬわ!!」

「駄目だコイツ……早くなんとかしないとっ」

頭が弱い残念な人物だとは思っていたが、まさかこれほど重症だとは思わなかった。

魔王軍一の射精力を誇り、候補者にまで選ばれておきながら、エミリアが躊躇っていた理由が今になって理解できた気がした。

監禁している相手に襲いかかるなど、言語道断だ。

これでは仮に名を上げたとしても、それは卑怯者というレッテルが貼られるだけだ。

当人は勝てば官軍と思いこんでいるだけに、質《たち》が悪い。

こんな奴がいるから、魔族全体が野蛮な種族であると誤解されてしまうのだろう。

しかし、徹の細腕では土管のように太い筋肉を搭載したカーデスを止めることなど到底不可能だ。

頭は弱くても、その腕っ節は魔王軍のなかでも相当の実力らしい。

エミリアかライムでも連れてこない限り、到底カーデスを止められないだろう。

しかし、あれこれ考えている間に、パトリシアを監禁している地下牢に到着してしまった。

「フハハハハッ！　我が世の春が来たぁあ!!」

無闇に興奮してしまったカーデスは、入り口の鍵を開けることなく力任せに扉を破壊してなかに跳びこんだ。

「後先考えないにもほどがあるだろっ……！」

エミリアたちを呼びに行っている余裕はない。

最悪の場合、徹程度では助けになるとも思えないが、体を張ってカーデスを止めるつもりでいた。

「なにっ、いきなり……!?」

荒々しい来訪者に、咄嗟に構えるパトリシア。

しかし囚われの身である彼女には剣も鎧もない。

そんな状態の少女に襲いかかろうとするなど、最低以外の何者でもない。

「丸腰の勇者など、恐れるに足らずぅ!!」

パトリシアよりも数倍はあろうかというほどの、カーデスの巨体。

とてもではないが、彼女が無事ですむとは思えなかった。

「逃げろ！　コイツは危険だっ！」

実際徹にできることなど、せいぜい叫ぶ程度。

「君は――っ!?」

ライムをも凌ぐほどの実力を有しているパトリシアなら、身体能力もズバ抜けているはず。武器がなくてもカーデスから逃れることならできるかもしれない。

幸いというべきか、勢い任せで入り口を破壊してしまったおかげで、外へ逃げ出すことも可能になったのだ。

無理に対峙しなければ、逃げきることができるだろう。

徹は魔族側ではあるが、別段パトリシアの敵になったつもりはない。

特に今回はカーデスに全面的に非がある以上、見過ごすことなどできない。

「逃がすものかぁ！　貴様は我輩に倒される運命なのだからぁああ!!」

カーデスは叫び声を上げながら両手を掲げて、パトリシアめがけて跳びかかった。

「危ないっ!!」

あの巨体に押し潰されれば、彼女のような小柄な少女などひとたまりもない。

しかし、当のパトリシアは慌てた様子もなく、不敵な笑みを浮かべていた。

「心配してくれてありがとう。でもボクは待ってたんだよ、あの二人以外がやって来るのをねっ！」

パトリシアは高らかに言い放つと、膝を曲げて跳躍する。

そして目にも止まらぬ速さで拳を打ち出す。

「ぶるぅあああ!!」

それは見事にカーデスの顎を打ち抜いていた。

彼女の倍以上ある巨体が、錐揉み回転しながら吹き飛び、ドゴッ！　と音を立てて頭から壁に激突して、そのまま崩れ落ちる。

あまりにも呆気ないカーデスを哀れみつつ、パトリシアの豪腕に驚愕する。

（……心配するだけ無駄だったな）

ライムと同等以上の実力者なら、彼女がパトリシアを不意打ち気味とはいえ超人的な一撃で昏倒させたように、同様の真似ができてもなんら不思議ではない。

パトリシアの口振りからすると、エミリアとライム以外が相手なら、武器などまるで不要らしい。

壁に激突して動かなくなってしまったカーデスに哀れみの視線を向けていると、不意に腕をつかまれた。

「さぁ、もう長居は無用だよ！」

「え――うぉおっ⁉」

徹の返事を待たずして、パトリシアはつかんだ腕を引っ張っていきなり走り出した。

さすがは巨漢のカーデスを殴り飛ばすほどの豪腕。

ガッチリとつかまれていて、徹程度の力ではビクともしない。

そのまま力任せに引っ張られていく。

「魔王に気づかれる前に城を抜け出さないとっ……！」

「ちょっ、ま……っ、少しは俺の話をぉぉおおっ‼」

捕まっていたパトリシアにとって、これは脱出の絶好の機会。

一目散に逃げ出すのは当たり前だった。

そして彼女は徹のことを魔族の奴隷だと勘違いしているのだ。

初見で、パトリシアは徹のことを人質のために召喚されたと誤解して、その一瞬の隙を突かれて囚われの身となってしまった。

もとよりエミリアの目的を知らない彼女にとって、徹は救わなければならない無力な民の一人でしかない。

一緒に逃げ出そうとするのは、至極当然の行動だった。

しかし徹は種馬として、手厚い待遇で迎えられている。

彼女が考えているような、不当な扱いは一切受けていないのだ。

だが、それを説明しようにも、猛スピードで駆けるパトリシアに揺さぶられて、まともに声を出すことさえ敵わなかった。


——そして徹がまともに言葉を発することができるようになったのは、見知らぬ森に着いた頃だった。

「ここまで来れば、とりあえず安心かな」

適当な場所を見つけて、腰を下ろすパトリシア。

「……俺は死ぬかと思ったけどな」

徹も、とりあえず彼女の隣に座る。

「やっぱり、魔族にひどい目に遭わされてたんだね」

「いや……あんたが強引に俺を引きずり回したせいだって」

どうやらパトリシアもあまり人の話を聞かないタイプらしい。

完全に徹のことを被害者だと信じこんでいる。

確かに無理矢理この世界に召喚されたことは間違いないが、自分の意思でエミリアたちと一緒にいることを選んだのである。

しかし、それを彼女にどうやって伝えるべきか、頭を悩ませる。

黙って逃げようとしたところで、すぐに追いつかれてしまうだろう。

事情を説明するのが一番なのだが、パトリシアは魔族＝悪だと思いこんでいる。

難なく一蹴したとはいえ、つい先ほどカーデスに襲われたばかりなのだから尚更だ。

正直に話したところで、信じてくれるかも怪しいところだ。

仮に信じてくれたとしても、人間の敵である魔族に協力していたということで、裏切り者としてこの場で粛清されてしまうかもしれない。

カーデスを素手で叩き伏せるほどの豪腕なのだから、徹など一撃で絶命してもなんら不思議ではない。

万が一そうならなかったとしても、魔族と縁を切るよう説得に乗り出してくるかもしれない。

どちらに転んでも、徹にとっては非常に厄介な状況になることは間違いなかった。

（それにしても――）

徹の視線が、隣に座る金髪少女の顔から下へと移動していく。

魔界に召喚された日、ライムと激闘を繰り広げていた際は全身を甲冑で覆っていた。それ以来パトリシアを目にしていなかったこともあって、彼女の肉体を目の当たりにするのはこれが初めてだった。

囚われの身であった以上、甲冑などは取り上げられてしまっているため、現在身に着けているのは防刃や衝撃吸収のため、鎧の下に身に着けるギャンベゾンという布製の衣服のみ。そのおかげで彼女のボディラインがはっきりと見て取れた。

（こんな時まで、なにを考えてるんだ俺は……）

鎧着ということもあって露出こそ少ないが、その豊満な胸の膨らみは隠すことができない。胸部分の布地が不自然なほど盛り上がり、逃走中は振動でプルンプルンと、素敵なほど弾んでいた。

エミリアほどではなさそうだが、充分すぎるほど実っている。

脚も布に覆われているが、見事な半球を描くヒップラインはしっかりと浮き彫りになっていた。

重厚な甲冑の下に、これほどけしからんボディを隠していたとは、まったくもって想像もしていなかった。

ここしばらく、ドピンクな性活を送っていたせいで、こんな状況であっても無意識のうちに思考がそちら側に向いてしまう。

「……どうかした？」

しかもパトリシアは徹の視線にまったく気づいていない様子で、無防備にその豊満な肉体を晒していた。

「いや、なんでもない……それで、これからどうするつもりなんだ？」

「とりあえず国に戻って、魔族の対抗策を協議しないとね。魔獣の召喚がただの噂だったとしても、ボクたちにとっては魔物は存在するだけで脅威だから……あっ、その前に君を家まで送り届けなきゃいけないね」

「えっ……!?　えっと、俺は……」

「大丈夫、ボクがちゃんと送ってあげるから。それで、どこから連れてこられたの？」

事情を知らないパトリシアは、依然として徹を魔族に囚われていた被害者だと信じこんでいて、異世界の住人であるということにまったく気づいていなかった。

（仕方ないとはいえ、完全に俺のこと誤解してるなぁ。それにこの娘がこのまま戻ったら、最悪大規模な戦闘に発展しかねないぞ……）

エミリアたちは、人間側に攻めこむ意思はないのだが、パトリシアは違う。

魔族を討伐することを掲げ、大挙して魔界に進軍しかねない。

戦闘は避けられないとしても、せめてエミリアの計画が完了するまで時間を稼げなければ、双方共に多大な被害を被ることは間違いないだろう。

これまで徹が得た情報からすれば、人間が進軍してくるにしても、その中心になるのはパトリシアである。勇者と謳われるからこそ、人々は彼女と共に戦う決意を誓うのだ。

また、見方を変えると、パトリシアにエミリアの考えが伝われば、無駄な争いは回避できるかもしれない。

「お、俺のことはいいって……それよりも、また戦うつもりなのか？」

「勿論だよ。騎士道大原則一つ、騎士は世の乱れを正さなければならない！」

胸を張り、得意気に言い放つパトリシア。

その際、反動でたわわな胸元がたゆんと揺れたのを徹は見逃さなかったが、即座に我に返ると、邪念を振り払う。

「そんな無理に戦わなくても……特に悪い連中でもないと思うんだが……現に俺だって、ずいぶんと丁重に扱ってくれてたし」

「騙されちゃダメだよ！　絶対裏でよからぬことを企ててるに決まってるんだから！」

「そ、そこまで邪険にしなくても……」

「わかってないのは君の方だよっ！　魔族は人間の敵なんだ、青き清浄なる世界のために魔王は討ち取らなきゃいけないんだ！」

拳を握り締め、顔が触れてしまいそうなほど体を乗り出して力説するパトリシア。

魔族討伐の中心人物なだけあって、エミリアたちとの共存など一ミクロンほどの考えもなさそうだ。

(いよいよもって面倒臭いぞ……なんかやたらと危険な思想を持ってるし)

適当に言葉で説明したところで、先ほどのカーデスの一件もあり、説得は非常に難しいだろう。

だからといって、このままパトリシアが国に帰ってしまえばさらに面倒な事態に発展するのは、今までの短い会話だけで充分推測できる。

エミリアとライムがいない以上、この場は徹がなんとかするしかない。

せっかく訪れた薔薇色の性活を壊されてしまっては堪らない。

動機が不純だということは理解しているが、人間側にとっても魔族側にとっても、ここでパトリシアを止めなければ、確実にデメリットの方が大きくなるだろう。

(でも俺にできることなんてなぁ……)

徹としては真剣に考えているつもりでも、すっかりピンク色に染まってしまった脳は無意識のうちに再び視線をパトリシアの豊満な胸元に固定させてしまう。

さすがに何度も視線を向けていたこともあって、今回はパトリシアも徹の視線が胸元に向いていることに気がついた。

「……ボクの胸が、どうかした？」

特に恥じらう様子もなく、徹の顔を覗きこみながら首を傾げる。

「いや、大きいなって――ハッ!!」

あまりにも普通に言われたせいで、つい反射的に本音が口から漏れ出していた。

気づいた時にはすでに遅かった。

パトリシアも自分の胸元に視線を向ける。

(やばいっ！　俺はなんていうセクハラ発言を……っ!?)

エミリアやライムが相手ならばともかく、親しい間柄でもない女性に口にしていいことではない。

張り手でも飛んでくるのではと、思わず身構えてしまう徹だったのだが――

「やっぱりそうだよねぇ」

「――え？」

予想に反して、徹の言葉を肯定してしまうパトリシア。しかも両手で下から掬うように持ち上げて、たっぷりとしたその重量感を見せつけてきた。

彼女の思わぬ行動に、堪らず生唾を飲みこんでしまう。それと同時に無節操な股間の逸物がしっかりと反応を示し、ズボンの中で膨らみはじめた。

しかし、パトリシアが次に口にした台詞に、徹は耳を疑った。

「剣を振る時、邪魔なんだよねぇ。下手にサイズの小さな甲冑を着ると、苦しくなっちゃうし……どうしてボクの胸、こんなに大きくなっちゃったんだろ」

「……な、んだと？」

「もっと小さかったらよかったのになぁ」

深々とため息を吐くパトリシア。

冗談ではなく、本心からそう思っているのが伝わり、戦慄する徹。

（エミリアもそうだったけど、どうしてこっちの世界の娘はこうも無頓着なんだよ）

その言葉を聞いて、もうあれこれ考えるのは止めにした。

「わかってない」

「えっ、なにが……？」

「もっと小さかったらよかったのに？　それは間違ってるぞっ！　〝おっぱい〟っていうのは、一番わかりやすく女性らしさを表しているものなんだ。皿型、半球型、円錐型、釣鐘型、三角型、下垂型――形は様々でも〝おっぱい〟は女性の体で最も魅力を感じるんだ！　ただ大きければいいというものじゃないが〝おっぱい〟には男の夢がっ、ロマンが詰まっているものなんだよっ!!」

欲望を駄々漏れにしながら、勢いに任せて捲し立てる。

「そ、そういうものなの……？」

唐突な変貌振りに、さすがのパトリシアも困惑気味。

おそらく徹の言葉をいまいち理解できずにいるのだろう。

それならば、もはや強硬手段に訴えるだけである。

(大丈夫、毎日エミリアを腰砕けにしている自分を信じろっ!)

もう後戻りはできないと、自らを鼓舞して両手に力をこめる。

「それを今から、俺が証明してやるっ!!」

徹は宣言すると同時に、パトリシアの胸元めがけて両腕を伸ばした。

☆

「ふにゃぁああっ!?」

電流に貫かれたような、痺れる感覚が全身に駆け巡った。

いきなり上着を押し上げている豊満な乳房をグニッとつかみ上げられた瞬間、パトリシアの口から艶を含んだ素っ頓狂な声が飛び出した。

とても自分の口から出たとは思えなかった。

(なに、今の……っ!? ボクの、声……?)

いったいなにが起きたのか、まったく理解ができなかった。

しかし、決して不快な刺激ではない。

「やっぱり、さっそく色っぽい声が聞けたな……」

漏れ出た艶声を聞いて興奮気味に、若干震えたような声で、彼は指を広げてたわむ乳房をゆっくりと捏ね回しはじめた。

「んっ、ひあぁっ……お、おっぱい……急にジンジンしてきたぁ……」

豊乳を愛撫する手を見下ろしながら、不意に自分の体に触れられたことに驚きつつも、それ以上の刺激に困惑していた。

「なんてエッチでけしからんおっぱいだ……少し強めに揉んだだけなのに、もうこんなに感じてるなんて……」

指の動きに合わせて簡単にひしゃげる柔肉を弄ばれる。

ただ胸を揉まれているだけなのに、それに合わせて電流のような、これまで経験したことのない刺激が走る。

「ふぁぁっ……な、なんなのこれぇ……！」

別段特別なことをされているとは思えないのに、勝手に声が漏れてしまう。

自分の意思でも止められない。

彼が気づかないうちになにか行っていたのかもしれないと、思わず戦慄を覚えるも、不思議とその手を払い除けようという気にもなれなかった。

（いきなり胸を触られたのに、いやじゃない……むしろ気持ちいい？　ボクの体、おかしくなっちゃったのかな……）

自身の体の変化に戸惑いを隠せない。

それでも彼は手を休めようとはしなかった。

「すごく柔らかいな、感度もいいし……乳首だって、もうこんなに尖らせて……」

そう言いながら、上着の下で勃起している乳首を強調するように乳房を根元からわしづかみにすると、前に突き出すように搾り上げられる。

「ひゃうっ……！　なんでっ……ボクの乳首、大きくなっちゃってるぅ……！」

ぷっくりと盛り上がった乳頭を見せつけられて、自分の体の変化に困惑し、押し寄せてくる羞恥に顔が紅潮する。

「大丈夫、女の子なら普通の反応だよ」

「はぅ、んっ……そ、そんなこと言われてもっ……ボク、わからないよぉ」

「……こりゃ本格的になにも知らないみたいだな。大方、勇者として修行に明け暮れてたっていうところか？」

「う、うん……ずっと剣の修行ばかりで、女の子らしいことなんて……」

勇者の血筋に生まれた者として、幼い頃から魔族こそ人間の敵であり、奴らを討つことが自分の存在意義なのだと。それに加えて、勇者の血統という肩書きだけで周囲の人間にとっては英雄のような存在だった。

人々から頭を下げられることはあっても、対等に接してくれる相手はいなかった。

それ故に、パトリシアには同世代の友人と呼べる者がいなかった。

そんな影響もあってか、とにかく先代の勇者であった父親に言われるがまま、鍛錬ばかりに時間を費やしてきた。

特に色恋沙汰など、未知の領域だった。

「今からでも充分間に合うって……俺だってつい最近までまったく無縁だったんだし、可愛い女の子に殺伐とした戦いなんて似合わないよ」

「あぅぅ……そ、そんなっ、ボクは可愛くなんて——んひぃぁぁああっ!?」

不意にひときわ強烈な衝撃に見舞われ、パトリシアは甘い叫び声を上げた。

頭が真っ白になって、体がビクビクッと痙攣する。

可愛いと言われて思わず顔をそむけた拍子に、彼の指が硬くなった乳首を布地越しに摘んで、力いっぱい捻り上げていた。

「充分可愛いよ。それに感度もいいからすごく興奮する——って、あれ?」

何事もなく話を続けようとするが、パトリシアの過剰な反応に思わず首を傾げる。

突然弾けた衝撃に、全身が震えて力が入らなくなった。

そのまま前のめりに倒れこんで、彼に抱き止められる。

「ぁ、あぁ……な、なにっ、これぇ……はぁ、あぅぅっ」

プルプルと、彼の腕の中で小刻みに痙攣を繰り返す。

抗いようのない刺激に、頭の奥から甘い痺れが広がってくる。

ガクガクと戦慄く体を止めようとしても、まるで自分の体ではなくなってしまったかのように思い通りになってくれない。

こんな感覚、生まれて初めてだった。

「も、もしかしてイッちゃった？」

「はぁ、はぁ、あぁぁ……よ、よくわからないよぉ……」

細い肩をしきりに上下させて荒い息を漏らすパトリシア。

上手く口が回らない。

「でも、気持ちよかっただろ？」

「う、うん……急に体のなかでなにかが弾けて……そ、そうしたら体が、フワフワしてるみたいで……」

「それがイクってことだよ。性的興奮が絶頂に達した時に起こる現象だ」

「……性的、興奮？」

初めての絶頂に思考力が低下している状態ということもあって、聞き慣れない単語に首を傾げる。

「簡単に言うと、一番気持ちよくなった時を〝イク〟って言うんだよ」

「イク、これが……」

次第に呼吸が安定してくると同時に、疼くような甘い痺れも希薄になってきた。

それでも、体の火照りが治まらない。

彼に抱き止められていると、妙に温かい気分にさせられる。

(こんなの、全然知らなかったよぉ……)

パトリシアは今日まで、勇者として自身よりもその肩書きのためだけに時間を費やしてきた。

なぜ男ではなく、女として生まれてしまったのだろうとさえ考えたこともあった。

彼によって絶頂の快感を教えられて、初めて女の体に感謝したと言っても過言ではないかもしれない。

「あ、そういえば……お互いまだ名乗ってなかったな」

「すっかり忘れてたね」

名も知らない相手に体を弄らせるなど、なんと大胆な真似をしていたのかと、いまさらながら羞恥に苛まれる。

「俺は今泉徹って言うんだ。色々と順番がメチャクチャになっちゃったけど、徹って呼んでくれ」

「ボクはパトリシア・フォルトゥーナ。よろしくね、徹」

まだ体に脱力感が残っていることもあって、体を寄せ合いながらの自己紹介というのは、妙な気恥ずかしさを覚える。

しかもパトリシアの体を抱き止めている徹だが、片方の手は依然として乳房に触れたままだった。

張りのある乳肉をグニュッと押し潰され、落ち着きを取り戻しつつあるものの体の火照りは治まる気配を見せない。

「それはそうと、もう終わったつもりになってないか？」

「え？」

「あんなのまだまだ序の口だぞ。女の子は胸よりずっと感じる場所があるんだからな」

「えぇえぇえっ!?」

胸を弄られただけで、鮮烈な快感に体が打ち震えていたというのに、まだその上があると徹は言いきった。

半信半疑ではある。それでも、自分はなにも知らないという自覚があるため、徹の次の行動に内心期待してしまう。

「エミリアの時もそうだったけど、なにも知らない女の子を俺色に染めてるみたいで、やたらと興奮するな……」

仇敵である魔王の名が飛び出したものの、これから出会う未知の快感への期待と不安がそれすらも聞き逃してしまうほど大きく膨れ上がっていた。

徹は瞳をギラつかせながら、胸を揉んでいた手をそっと離し、下半身に向かわせるとそのままズボンのなかに侵入させた。

「ひにゃぁあああっ!? そ、そこはっ……!!」

自慰行為の経験すらなかったパトリシアにとって、乳房以上に感じる場所があると言われても、今度はどこを触られるのか予想もできていなかった。

しかもダイレクトに下着のなかに手を差しこみ、薄い恥毛を掻き分けて最も恥ずかしい部分に触れられ、甲高い叫び声を張り上げた。

「胸でイッただけあって、もう濡れてるじゃないか。やっぱりパトリシアも相当感じ易いんだな……このまま触ってたら指がふやけちゃうな」

「い、言わないでよぉ! 徹におっぱい触られてから、急にっ……我慢しようとしても、どうしても溢れてきちゃったのぉ……!」

まるで失禁してしまったようで、パトリシアは顔を真っ赤にしながらイヤイヤと頭を振って身悶える。

「少し落ち着けって……これも正常な反応なの。女の子は、気持ちよくなるとここから愛液を分泌するものなんだよ。だからもっと濡らしていいんだ」

「そ、そんなこと言われてもぉ……やっぱり恥ずかしいよっ……ふぁっ、ぁあっ！」

未だかつて誰にも、自分でさえほとんど触れたことのない場所を触れられて、堪らずパニックを起こしそうになるが、徹はそんな反応さえ愉しむように、パトリシアの股間を刺激しはじめていた。

「大丈夫だから、俺に任せて……」

お互いの体温を感じる距離で見つめ合いながら、下半身に伸ばされた手が割れ目を押し開いて指の腹が押しこまれた。

第一関節程度の浅い場所を掻き回すように弄られる。

ゆっくりと、最初は軽く触れる程度だと思われた指は次第に勢いを増して、滲み出す淫液を捏ねるように指を動かしていく。

「ひうぅぅっ！　そ、そこっ、クチュクチュって、音がっ……あふぁあっ！」

火照った淫裂を刺激されると、たちまちパトリシアの口からさらに甲高い喘ぎ声がこぼれ出してきた。

蜜でぬめる割れ目を指でほじられると、卑猥な水音が聞こえてくる。

媚肉を擦られるたびに滲む愛液に恥じらいながら、恥ずべき陰部を愛撫される快感に敏感に反応してしまう。

（な、なにこれっ……さっきまでとは、また全然違って……っ！）

乳房への愛撫だけでも充分に昂っていたところに、淫裂への刺激は相当のものだった。先ほどと同様に、不意に熱いモノがこみ上げてくる。

それは股間から全身へと広がっていき、背筋を駆け上がっていく。

「あひっ、ひぅうんっ……！　な、なんでぇ……恥ずかしい場所、触られてるのにぃ……きゃふぅんっ!!」

背筋を震わせ、パトリシアは淫裂を責められては過敏に反応して悶え、いやらしく肢体をくねらせる。

愛液を攪拌するように膣口を擦られているというのに、それでも嫌悪感すら抱かない。困惑しつつも、同時に迫り上がってくる新たな官能に、悩ましい声を溢れさせて淫らに戦慄く。

「どんどん溢れてくる……感じてる証拠だな」

「んふぁああっ……は、恥ずかしいっ、恥ずかしいのにぃ……！　指まで入れられてるのにっ、また気持ちよくなって……頭、フワフワしてきてるぅ！」

再び、頭のなかが白く霧がかってきた。

徐々に理性をも打ち砕いていくようで、まともに思考が働かなくなる。

（ま、また……なにも考えられなくなっちゃうよぉ）

ゾクゾクと、全身を這い回る鋭い官能。

なにか考えようとしても、痺れるような快感が横槍を入れ、ろくな思考がまとまらない。本当に、自分の体の変化が信じられなかった。

徹は指を動かしているだけなのに、とんでもない刺激が——快感が溢れ出してくる。

自分の体がおかしくなってしまったのではないかと、思わず疑いたくなるほどだ。

「いやらしい体だからって、恥ずかしがる必要はないよ」

「べ、別にボクはいやらしくなんか——ひうぅっ、んひぃんっ！」

堪らず否定しようとしても、あっさり嬌声にかき消されてしまう。

熱い潤いで満たされている淫裂は、軽く撫でられるだけで粘液がねっとりと徹の指にまとわりつき、滲み出す愛液が下着のキャパシティを超えて滴っていく。

自分の口からこぼれている淫声よりも、まるで失禁してしまったような醜態を晒しているようで、これでもかというほど顔が熱くなる。

徹は膣口の裏側を撫で摩り、次々と甘い痺れをパトリシアの脳に送りこんでくる。

「んあぁぁ……っ、はぁ、あっ、んふぅ、んんんっ……」

愛液の量がさらに増して、内腿を伝って落ちていく。

「パトリシア、すごくエッチな顔してるぞ」

「あひぃっ、あっ、やあぁっ！」

羞恥に苛まれているはずなのに、頭のなかが蕩けて思考が働かない。

それどころか、気がつけば自分の腰が勝手に動いていた。

強烈な刺激から逃れようとするのではなく、よりいっそう快感を求めようとしている動きだった。

徹が動きやすいように脚もより大きく開いてしまっていた。

快感はますます強くなって、パトリシアから理性を奪っていく。

(あぁ、大事なところ掻き回されると、背筋がゾクゾクするぅ……！)

もっと強く弄ってほしい、それが素直な気持ちだった。

「だいぶ素直になってきたな。パトリシアも、勇者である前に女の子なんだから、変な使命感に囚われなくてもいいんだ」

徹の指使いが、ここぞとばかりに強さと速さを増して淫裂を擦り上げてきた。

その刺激を求めるように、無意識に腰を突き出してしまう。

パトリシアの目の前で閃光が走り、明滅しはじめた。

体に訪れた変化がどういうことなのか、今なら察することができた。

それは、つい先ほど体験したばかりの感覚だったからだ。

「んぃっ……こ、この感覚っ!?　ボクっ、またイッちゃうよぉ！」

ブルッと全身に震えが走り、熱いモノがこみ上げてくる。

膣口を弄る指に身悶えし、いっそう粘ついた蜜を溢れさせながら喘ぐばかりで、下半身から力が抜けていく。

「いいよ、我慢する必要なんてないんだ……」

徹が耳元で囁くと、膣口を弄っていた指が引き抜かれた。

予告なしに淫裂への刺激がなくなり、喪失感に駆られそうになるも、次の瞬間には目も眩むような快感に襲われた。

指先が膣口から割れ目の上部に移動し、充血して膨らんだ肉芽を指で挟まれた。

「ひぎぃぃ……っ！　なっ、なにぃ、これっ……んぁあああっ!!」

濡れそぼった突起を、徹の指にキュッと摘まれた。

その瞬間、頭のなかに稲妻が走る。

突き刺すような快感に、甘美な刺激が全身を包みこんだ。

官能が、頭の奥まで侵食してくる。

だらしなく開いた口の端からは涎が垂れ、顎へ伝っていく。

みっともないと思ってはいても、唇を閉じることさえできない。

（か、体の力が……どんどん抜けちゃうよぉ）

全身を這い回る快感が止まらない。

徹はそんなパトリシアの様子を興奮した面持ちで見つめながら、勃起した陰核を繰り返し摘んでは弾いてくる。

そのたびに、白い喉から甲高い嬌声が迸り、腰を艶かしく震わせてしまう。

クリトリスを弄る指の動きはますます激しくなり、パトリシアの体がビクンビクンと大きく跳ね上がる。

「ほら、このままイッちゃおうか」

すぐそこまで近づいていた絶頂の予感に打ち震えていると、徹はその言葉と同時に充血した肉芽を強烈に捻り上げた。

痛いくらいの刺激のはずなのに、それが気持ちよくて堪らない。

「ひゃあああぁあっ！　い、イクッ……イッちゃうっ、イッちゃうよぉっ！　んぅうっ、あひぃいいぃいっ!!」

抗いようのない熱い衝動が体を包みこみ、最高潮に達した瞬間、なにかが弾けた。

絶叫と共に顎を仰け反らせ、あらん限りの嬌声を張り上げるパトリシア。

ガクガクと全身を震わせながら、なにも考えられなくなる。

浮遊感にも似た感覚に支配され、このままどこかへ飛んで行ってしまいそうな気にさえなる。

さらになにかがこみ上げてくるが、絶頂感に苛まれて思考力が低下しているパトリシアには、それがなんなのか判断するだけの理性も残されていなかった。

最も恥ずべき場所に徹の指の感触を覚えながら全身を強張らせ、プシャアアアッと豪快な噴射音を立てて淫裂から飛沫が放たれた。

「うぉおっ!? ぱ、パトリシア……っ!?」

勢いよく溢れ出した体液に、思わず徹も驚きの声を上げる。

彼もこの事態を予想していなかったらしい。

「やっ、あぁ……ふはぁぁっ、おあぁぁ……っ！　と、止まらないよぉ……」

すっかり弛緩してしまった筋肉はまったく機能せず、パトリシアは羞恥を感じながらも絶頂の余韻と放尿感が相まって、派手に黄金水をしぶかせながら恍惚の表情を浮かべて乱れ喘ぐ。

下穿きを着用したままだったこともあり、大量の小水を吸収した布地があっという間に色濃く染まっていく。

失禁など、平時であれば恥ずかしさのあまり卒倒していたかもしれないが、悦楽の津波に呑みこまれ、黄金水を出しきったパトリシアは、荒い息を吐きながらうっとりと徹に体重を預けた。

「あ、あぁぁ……ボク、お漏らししちゃったぁ……」

途方もなく恥ずかしいはずなのに、かつて経験したことのないほどの幸福感に満たされていた。

勇者としての使命を忘れ、自らの痴態を曝け出してしまったというのに。

「すまん、やりすぎた……」

「気にしないでぇ……んはぁ、はぁ、すごく……気持ちよかったからぁ」

下半身を小水でベトベトに汚しながら、徹の腕の中で熱い吐息を漏らすパトリシア。

とんでもない醜態を晒してしまったというのに、陰鬱な気分にはならなかった。

むしろ晴れ晴れとした気にさえなっていた。

これまで勇者とはかくあるべしと、言われるがままに生きてきた。

その義務感こそが生き甲斐だと錯覚していたのかもしれない。

徹によって解放された女の悦び――これこそがパトリシア自身気づかずに抑圧していた己の本心だったのかもしれない。

それに徹はパトリシアのことを勇者ではなく、一人の女の子として接してくれる。

そんな彼にこそ、すべてを曝け出してしまいたい。

(ボクも、徹になにかしてあげたい……)

徹の胸に顔を埋めながら、未だ絶頂感の冷めない頭で考える。

すると、不意に片手がなにか硬いモノに触れていることに気がついた。

「ふぉ……っ!?」

何気なくその硬いモノを握ると、ほぼ同時に徹が短い呻き声を上げた。

「……徹？」

「ぱ、パトリシア……そこは──んぉっ！」

気になって、今度は緩急をつけてみると、ひときわ大きく呻いた。

「もしかして、ここ気持ちいいの？」

「知らずに、触ってたのか？」

「う、うん……」

手元を見ると、パトリシアは大きく膨らんだ徹の股間を握っていた。

ズボンを大きく押し上げて膨らんでいる。

彼を連れ出す際、さすがに股間までは気にしていなかったが、これほど張りつめていればさすがに気づいていただろう。

そうなると、ここにやって来てから──徹が乳房に触れたあたりから変化が生じたであろうことくらいは、パトリシアでも推測できる。

しかしそれがどういった意味で変化してしまったのかまでは、思い当たらなかった。

徹が相当意外そうな顔をしたということは、これくらい誰もが知っている常識の範疇なのだろう。

乳房や淫裂を嬲られたことよりも、自分の無知さの方が恥ずかしく思えてくる。

「男は、興奮するとここが大きく膨らむんだよ──って、パトリシア!?」

驚く徹に構わず、ズボンに手をかける。

股間が布地に押さえつけられて苦しそうに見えたというのもあるが、徹がパトリシアにしてくれたように、直接触れた方が気持ちいいだろうという結論に達し、了解も得ずに勢い任せに脱がせてしまう。

「えっ……!? こ、こんなに膨らむものなの？」

現れた肉棒を目の当たりにして息を呑む。

徹の股間から突き出た肉の棒。

天に向かって雄々しくそそり立つ男性器。

ペニスくらいはパトリシアでも知っているが、あくまでそれはうんと幼い頃に父親との入浴の際に目にしたもの。しかし同じ男性器でありながら、そこから放たれている存在感はまるで別物だった。

「ま、まあ……それだけ興奮してるってところかな」

さすがの徹も、いきなりズボンを脱がされて戸惑いを隠せないが、決して露わになった肉棒を隠そうとはしなかった。

(これが、徹の……)

凶悪なペニスだが、パトリシアは無意識のうちにそれをジッと見つめていた。

ゴクリと生唾を飲みこむ。目の前に逞しい男根があると思うと、羞恥のような期待のようなどっちつかずの感情が胸を高鳴らせる。

張りつめた赤黒い亀頭に、長大で野太い肉茎の表面にはゴツゴツと血管が浮かび上がってピクピクと脈動を繰り返していた。

その威容に躊躇いを覚えるものの、男根から漂う生々しい臭いを嗅ぐと、背筋に戦慄が走って下腹部の奥底がキュンッと疼いてしまう。

「どうすれば、いいのかな……？　ボクも、徹を気持ちよくしたい……それと、できればもっと色々と教えてほしい」

「……っ！　そ、そんなこと言われたら、俺……我慢できなくなるって」

「い、いいよ……徹と一緒に、気持ちよくなりたい」

触れていたペニスが、ドクンッとひときわ大きく跳ね上がり、徹が耳元で呟く。

「もう、止められないからな……っ」

徹はパトリシアを立ち上がらせ、体を反転させて適当な岩に手をつかせた。

彼の瞳が、爛々と輝いていた。

それだけ興奮しているという証拠でもある。

そして先ほどの失禁でベチャベチャになってしまった下穿きを引き下ろす。

「っ!?　ぜ、全部見えちゃうよぉ……っ！」

知識が乏しいだけに、徹の次の行動が予測できないことがなおさら羞恥を煽っていた。

まるで獣のような格好をしながら、これまで誰の目にも晒したことのない秘所を突き出している。堪らず体が強張る。

徹はぴったりと閉じられた割れ目に釘付けになっていた。

滲み出ている淫液の量が、すっかり蕩けてしまっていることを如実に表していた。

顔から火が出そうなほどの羞恥心が渦巻く。

期待と不安から、肌には珠の汗が浮かぶ。

「これからするのは、男女の営み――いわゆるセックスってやつだ。本来は子作りするための行為だけど、男と女が愛を育み合う行為でもあるんだ」

覆いかぶさり、徹はパトリシアの目をしっかりと見つめながら呟いた。

「子作り……」

さすがのパトリシアでも、それがどれほど重要なことか理解することはできる。

「……どうする？　今ならなんとか引き返せるぞ？」

「大丈夫。徹とならボク……」

パトリシアも彼の目を見つめながら頷いた。

「わかったよ。できるだけ優しくするよ……初めてする場合は痛みを伴うから、それは覚悟しててくれよ」

「う、うんっ。そういうものなら……」

性交渉の知識をなに一つ持っていないパトリシアは、徹の言葉にただ従うしかない。痛いと言われても、想像できない。それで徹が気持ちよくなってくれるなら、多少の障害など、大した問題ではないと考えていた。

すると、陰唇にピタリと熱いモノが触れた。

「……え？」

パトリシアは思わず目を疑った。

パンパンに腫れ上がった亀頭が、淫裂に当てられていた。

（そ、そんなっ……まさかあんな大きいのをっ!?）

長大なペニスを胎内に押しこもうとしているのだと、直感的に理解する。

徹が行おうとしているのだから、それがセックスという行為なのだと納得はするものの、本当にあれほど大きな肉棒が自分の膣内に入るのだろうかと、半信半疑。

「いくぞ……」

熱い亀頭の感触に、思わず体が強張る。

（怖いっ——はずなのに、なんでこんなに興奮してるのっ!?）

自ら望んだこととはいえ不安を抱える一方で、それを待ち焦がれている自分がいた。

そして徹が腰を押し出す。

「んぁああっ……！」

滾る亀頭の先端が肉の割れ目に押し入ってくる。

（ほ、本当に入ってきたぁ……っ）

亀頭が潜りこんで、膣口に密着する。そして徐々に膣内が広げられていく。

背筋を貫くような戦慄に全身を強張らせる。

「一気に、いくぞ……っ！」

逞しい亀頭で淫裂をこじ開けられる感覚に身震いしていると、徹は鼻息を荒げながら昂った肉棒を一息で押しこんできた。

「はぐっ……!?　あぁあああっ!!」

一瞬ペニスが引っかかった気がした途端、メリッとなにかが裂けた。

熱された鉄の棒が差しこまれ、全身を貫くような衝撃が駆け抜けた。

痛みと胎内の圧迫感にパトリシアは体を弓なりに仰け反らせて、絶叫を張り上げる。

プルプルと体を震わせ、その痛みを必死に堪える。

「大丈夫か……？　つらかったら――」

「心配、しないでっ……少し痛いけど、これくらいなら……っ」

事前に言われていた通り、確かに激痛が走った。

ある程度想像していたとはいえ、実際に経験するのとは全然違う。

串刺しにされた腰がのたうち、激しく髪を振り乱す。

「本当につらかったら、言うんだぞ……」

パトリシアが頷くのを確認してから、ゆっくりと腰を動かしはじめる徹。

押しこまれたペニスが、引き抜かれて再び埋没していく。

「んひっ……ぁくっ、んぅううっ！」

徹の極太な肉棒が挿入された驚きが加わって、堪らず絶叫を迸らせてしまったが、昔から勇者に恥じぬよう厳しい修行を強いられてきたパトリシアにとって、決して耐えられない痛みではなかった。

痛みは感じるが、それ以上にこれまで無縁だった異性の熱を体の内側から感じ取ることができたことが嬉しかった。

たらりと、内腿を伝う鮮血を目の当たりにするも、悲哀はない。それどころか感慨深いものさえ押し寄せてきた。

知識は乏しくても、体は破瓜の痛み以上に悦んでいるのだと、本能的に理解する。

事前の愛撫で潤いに満ちた膣肉を雁首で引っ掻き、擦り上げてはペニスの感触を刻みこんでいく。

初めて男を迎え入れる膣内は狭く、肉棒によって無理矢理押し広げられていく圧迫感が強いが、それが痛みと同時に甘い痺れを生み出していた。

もとより愛液で充分な潤いを得ていただけに、抽送は非常にスムーズに行われる。

「さすがに、狭いな……くっ！」

慣れない行為に、半ば無意識のうちに体が強張ってしまう。

徹が動くたびに、反射的に膣口が収縮してペニスを力いっぱい締めつけてしまうが、そんな膣圧でも構わず腰を振り、パトリシアは鼻を鳴らすように喘いでは揺さぶられる肢体を震わせた。

しかも発情した肉体は破瓜の痛みをも覆いはじめており、喘ぎ声には艶のある淫らな響きが早くも混じっていた。

（もうあんまり痛くない……？）

パトリシア自身も驚くほど、痛みに耐性ができるのが早い。

ピストンを繰り返す肉棒によって、強張る膣肉を除々にほぐされていたらしい。

依然として鈍い痛みは残っているが、破瓜の瞬間に比べれば微々たるものだ。

肉棒に擦られる媚肉から、甘い疼きが滲んでくる。

痛みと快感、二つの感覚が膣内を鬩《せめ》ぎ合っていたが、確実に痛みが希薄になっていく。まだ多少は痛みを感じるものの、すっかり快感の方が大きくなっていた。

そういうものなのか、パトリシアには判断する術はない。

なんにせよ、体がなにを求めているのか、考えるまでもなかった。

「うぉ……な、なにをっ!?」

もう痛みにも慣れたことをアピールするように、パトリシアは自ら尻たぶを徹の下腹に押しつける。

「ボクのことは、大丈夫だから……徹のしたいように動いてよ……」

「本当に、いいのか?」

「もう、ほとんど痛みを感じないから……」

結合部から鮮血が流れているせいで、若干説得力に欠ける気はするが、実際に痛みを堪えて無理しているつもりはない。

徹には、本当にもっと激しく動いてもらいたいとさえ思っていた。

そして特に痛みを我慢している様子はないと判断すると、腰の動きに勢いが増す。

「エッチな勇者様だ……っ」

最初は半信半疑といった様子だったが、パトリシアの反応に偽りがないと理解すると、どんどんストロークを大きくして腰の動きを速めていく。

これまでとは違い、亀頭の笠の部分がしっかりと肉襞を擦る。

締まる膣壁に雁首の感触がはっきりと伝わる。

摩擦に馴染んだ媚肉がほぐれ、亀頭にネットリと絡みつく。

「んあぁあっ……! か、硬いのでっ、膣内をゴリゴリされてるよぉお……!」

さっそくパトリシアの声が上擦り、艶のある喘ぎ声が響く。膣内では鮮血を洗い流すように愛液が分泌され、肉棒が押しこまれるたびに溢れ出す。

「本当に、平気そうだな……こんなに早く感じはじめるなんて、パトリシアはよっぽどエッチさんなんだなぁ」

ニヤリと怪しい笑みを浮かべながら、抽送を繰り出す徹。

含みのある言葉だが、肉棒を突き入れられるたびに堪らずはしたない嬌声を張り上げてしまっては、説得力など皆無。

「う、うんっ……もう、全然痛くなくて、すごく気持ちいいっ！　んあぁっ、徹のしたいように腰を動かしてぇえ!!」

その言葉を証明するように、自ら腰をくねらせる。

肉棒が突き入れられるたびに、膣内が官能に震えて全身に響き渡る。

そして淫液が結合部から溢れ出し、グチュグチュと卑猥な水音を奏でる。

パトリシアはそれに翻弄されるように喘ぎと体の震えを大きくしていく。

「あぁっ……俺も気持ちいいぞ、パトリシアっ！」

肉棒を締めつけられる快感に身震いする徹。

鼻息は荒く、その腰使いもすっかり激しいものになっていた。

「はひぃいいいっ！　あ、あぁ……徹のオチン×ンがっ、ボクの膣内で暴れてるぅ！

こんなの知らないっ、全然知らなかった……ふぁああっ!!」

「はっ、はっ……そうだろ？　戦うことだけが、すべてじゃないんだっ……」

「こんなに気持ちいいことがあったなんてぇ……んぐぅぅ、ぁああっ……徹のオチン×ン、癖になっちゃうかもっ！」

「パトリシアなら大歓迎だ！　だからもっと恥ずかしい姿、見せてほしいっ！」

徹に求められて、ひときわカッと熱くなる。

胸の奥まで満たされていくようで、顔が真っ赤になる。

「そんなこと、言われたらぁ……あっ、あぁあっ！　はうぅ……ぼ、ボクっ、もっとエッチになっちゃうよぉおっ！」

全身を貫くような強烈な快感に、膣肉が一気に窄まって、ビクビクと痙攣する。

喘ぎながら甘えるように抱きつき、肉棒を奥へと迎え入れる。

徹も思いきり腰を加速させ、膣肉を存分に摩擦していく。

すっかり官能に染められたパトリシアの唇から悦楽の声が上がり、無意識に膣口を締めつけては肉棒をしごいていく。

「くぅうっ……！　ますますきつく締まってきたっ！」

「はぁあん、いいっ、いいのぉ、気持ちいいぃいいっ！　オチン×ンすごいよっ……なにも考えられなくなって……ひゃぅぅうっ!!」

きつく擦れ合う感触は、先ほどまでの比ではないほどの大きな愉悦で脳内を支配する。

都合三度目、絶え間なく送りこまれてくる快感に流されて、パトリシアはなす術もなく絶頂へと押し上げられていく。

「うぐぅ……お、俺っ……そろそろ限界かもっ！」

徹は呻くように呟きながら、膣肉を抉り抜くような動きで膣奥深くに突きこむ。

「ぼ、ボクもぉ……オチン×ンすごすぎて、またっ！　きゃひぃいいんっ!!」

パトリシアは甘美な激震に打ち震え、あられもない嬌声を上げる。

お互いの絶頂が近いことを確認すると、徹はラストスパートをかけて一気に腰の動きを加速させて膣内に打ちこんでいく。

パンパンと肉のぶつかる音を響かせ、ぬめる膣肉を引っ掻く。

淫液が結合部から飛沫を上げるほどに力強く抽送を繰り返す。

柔軟になった陰唇を捲るほど激しく肉棒を突き立て、膣内を蹂躙する。

反り返るほどに硬直した肉棒で膣内を掻き回され、パトリシアは大きく口を開いたまま、だらしなく涎まで垂らし、淫らに悶える。

「ひううぅっ、は、激しいぃ……徹のオチン×ンでっ……あぎっ、んぃいいっ！　あっ、ボク、おかしくなっちゃううっ!!」

悦楽を覚えたての肉体は、加速度的に昂揚していく。

急速に押し寄せてくる絶頂の感覚。

肉棒は激しく脈動し、それに呼応するように膣内が大きくうねる。

全身が跳ね上がりそうになるほどの快感に、膣肉は忙しなく肉棒に絡みつく。

一瞬でも早く射精を促し、搾り上げる。

「んくっ、うぅ……こ、このまま膣内に出すからなっ!?」

射精を宣言し、徹は全力で膣内を蹂躙する。

セックスの知識すらなかったパトリシアは、男が絶頂時に精液を吐き出すことさえ知らない。しかし、そんな疑問を口にしている余裕はなかった。

激しく脈動し、パンパンに張りつめた肉棒が敏感な蜜壺を犯し抜く。

絶頂を間近に控え、パトリシアの意識は朦朧としていた。

「んひぃいっ、ぃあああっ！　い、イクっ……ボクまたっ、イッちゃうよぉお!!」

ズンズンと肉棒が暴れ回り、目の前が明滅する。

「だ、出すぞっ、パトリシアぁっ！」

くぐもった呻きを絞り出し、戦慄く肉棒がひときわ奥底へと抉りこまれた。

最後の一突きを放った徹が、蕩けた膣内で欲望を解き放つ。

「あぐっ、ぉおおっ……!?　イッ、くるっ……な、なにかがお腹のなかにぃい！　あ、

熱いのがきてぇ……ひぎぃいいいっ!!」

膣内に根元まで埋没させたまま、徹はパトリシアの膣内に射精した。

胎内に迸る精液。その正体すら知らぬまま、膣内射精の衝撃に叫び声を上げる。

巨大な官能の波が荒れ狂い、愉悦以外の感覚をすべて押し流す。

パトリシアはその凄まじい衝撃に目を見開き、獣の雄叫びのような嬌声を迸らせて絶頂を極めていく。

あきらかに容量を超えた精液を流しこまれ、ガクガクと激しくのたうち回る。

それでもその表情は悦楽に蕩け、だらしがないほど淫らだった。

「あ、ぁ、ぁぁ……んはぁ、ふぉ、おぉっ、ん……！　んぅ……お腹、いっぱいでっ、苦しいくらいなのにぃ……なんで、こんなに気持ちぃいのぉ……」

宙空を見つめながら、虚ろな瞳で呟くパトリシア。

「はぁ、はぁ、はっ……」

すべての精を吐き出すと、徹は乱れた呼吸を整えながらゆっくりと肉棒を引き抜く。

「んほぉおっ、んんぅ……ぁああおっ！」

お腹がパンパンになるほど流しこまれた精液が、栓をなくした途端膣口から飛沫を上げて逆流した。そして大量の白濁液に混じって、黄金の体液をも撒き散らしながら、その放出感に黄色い声を上げて身をよじる。

弛緩して蕩けきった尿道口は開きっぱなしで、ありったけの小水が止めどなく溢れ、飛散していった。

やがて息も絶え絶えになりながら、パトリシアはすべての精と尿を撒き散らし、初めて体験した凄まじい絶頂感から解放され、そのまま意識を失ってしまった。

(さてっと……これからどうしようか)

パトリシアが意外なほど性的刺激の耐性が低かったこともあって、とりあえず彼女の足止めには成功した。

さすがは性欲の塊だと、自分の節操のなさにも感心してしまう。

少しでも彼女が勇者としての責務以外の物事に目を向けてくれるようになればと、持ち前の射精力を生かして性交渉の快感を教えるつもりだったのだが、ビクンッ、ビクンッと断続的に痙攣を繰り返し、膣口から盛大に白濁液を垂れ流して失神させてしまったのは些《いささ》かやりすぎだった。

反省点は色々あるが、目下徹が悩まなければならないのはそこではない。

パトリシアが帰還してしまえば、遅かれ早かれ人間と魔族の大規模な戦闘に発展するのは目に見えている。だからといって、動けない彼女を抱えて魔王城に戻っても危険人物として拘束されてしまう。

少なくともエミリアは人間と事を構えるつもりがないと理解してくれれば、状況は変わってくる。

性への知識がほぼ皆無だったにもかかわらず、すっかり目覚めたように自分が知らなかったものに対して理解しようとする姿勢を見せてくれれば、まだ多少なりとも可能性はある。

半ば後付けのような気もするが、徹の行動の真の意味を、パトリシアが察してくれることを切に願うしかない。

「困ったもんだなぁ……」

「そうか？　そのわりにはお楽しみのようだったが？」

「いや、それ以外のことで――って、エミリアっ!?　ライムまで……ど、どうして!?」

問題は山積みだと、ため息を漏らす徹の横に、笑みを浮かべたエミリアとライムがいた。ありえない登場の仕方に、射精後もまだある程度硬さを保っていたペニスが、瞬く間に萎縮してしまった。

「言わなかったか？　ス○ウターには、相手の位置を特定する機能も備わっている」

「初耳なんですけど……」

助けが来るにしても、これほど早く、まさかこのタイミングで現れるのは予想だにしていなかった。

ポンと肩を叩くと、エミリアはすぐ後ろの岩の上で精液まみれになって蕩けているパトリシアの痴態と徹の顔を交互に見やりながら、ニヤリッと妖しい笑みを浮かべた。

Ⅳ 三者競艶 アナタの××に大夢中

「貴様、またずいぶんと派手にやったな」

呆れたように大きなため息を吐きながら、パトリシアに視線を向けるライム。

「トオルにかかれば勇者様も形なしか……」

よほど凄まじい絶頂を極めたのか、パトリシアはかつて見たこともないほどだらしなく、あられもない姿で失神していた。

時折ビクビクと痙攣しながら、恍惚の表情を浮かべていた。

ライムが地下で叩きのめされていたカーデスを見つけ、パトリシアが脱走したことが発覚した。意識を取り戻した不甲斐ない部下から事情を聞くと、その場には徹もいたという。

城内に徹の気配はなく、パトリシアに連れ去られたと判断したエミリアは、暴走して勝手な真似をしたカーデスを改めてタコ殴りにすると、ライムと共に慌てて彼女の追跡を開始した。

まだ出逢って日は浅いが、最近では徹と過ごす時間が圧倒的に多くなったエミリアにとって、これは由々しき事態だった。

焦燥感に駆られながら全速力で追いかけ、ようやく発見したと思えば、徹のペニスに蹂躙され、獣じみた嬌声を迸らせているパトリシアの姿があった。

心配して追いかけてみれば、とんだ肩透かしである。

「……まったく、貴様は女と見れば見境なしか?」

「いや、これはなんというか……成り行き上というか……」

「とりあえず、これ以上面倒な事態に発展しなくてよかった」

徹の戦闘能力など、ほぼゼロに等しい。

パトリシアに太刀打ちなどできるはずもない。

彼女から逃れる術が一つでもあるとすれば、それは彼の秀でた射精力しかない。

その衝撃を何度も味わっているエミリアだからよくわかる。

徹の膣内射精は、ある種麻薬のようなものだ。

一度でもあの逞しい肉棒で貫かれ、熱い精液で胎内を蹂躙されると一切抗うことができなくなってしまう。

魔王と崇められたエミリアでさえ、徹の前では本能を剥き出しの女にさせられてしまう。それはパトリシアであっても例外ではないはずだ。

現に岩の上で横たわる彼女の顔は、喜悦に満たされていた。

「事情はカーデスから聞いた。まったく……なぜ真っ先に私かエミリア様に知らせなかったのだ！　貴様など、あっさりと連れ去られるに決まっているだろうがっ」

「……ごめん」

ライムの言葉に反論できない徹は、素直に頭を下げる。

「気にするな。怒るのは、それだけライムもトオルのことが心配だったのだ」

「え、エミリア様っ⁉　私は、そんなっ……！」

慌てて否定するライムだが、その顔は茹蛸のように真っ赤になっている。

徹に抱かれて以来、彼女にも心境の変化が訪れていた。

そんな反応をすれば、自白しているようなものである。

「照れるな照れるな、ふふっ……」

最近はそんな素直になれないライムが、妙に可愛く見える。

従者の反応に満足すると、エミリアは徹に向き直る。

「余計な手間を取らせて、悪かった……」

「そうでもないぞ。トオルがパトリシアを骨抜きにしてくれたおかげで、こっちも助かった。だがな……」

「エミリ――んむぅうっ!?」

すぐ目の前に迫るエミリアの美貌。

徹の言葉を遮るように、唇を奪った。

温かくて、少し湿り気を帯びた唇の感触。

「んっ……ちゅむっ、んぅっ……ちゅっ」

首に腕を回して、力強く唇を押しつける。

強引なキスだが、徹に拒絶の意思はない。

戸惑いながらも唇の柔らかさが鮮明に伝わってくる。

「エミリア様っ!?」

突然の行動に、後ろでライムが驚きの声を上げるが、あえて聞こえない振りをする。

これまで以上に自分の感触を徹に教えこむように、執拗に唇を押しつける。

あのままパトリシアを逃がしてしまえば、後々彼女は必ず人間たちの先頭に立って魔界に侵攻してきただろう。

そんな面倒な事態に発展する心配がなくなったことは、素直に助かったと思っている。徹がパトリシアに抗える手段といえば、その桁外れの射精力にものをいわせて彼女を愉悦の渦に引きずりこむしか方法がなかったのも理解している。

だからといって、心配して駆けつけてみれば、そこには事後の心地よい疲労感に包まれている裸の徹と、大量の精液を膣口から逆流させながら蕩けて意識を失っているパトリシアの姿があった。

(ライムの時は、まったくこんな気分にならなかったというのにっ……)

岩の上で気持ちよさそうに失神している娘を、今のうちに城まで運んでおかなければと思う一方で、奇妙な対抗心が胸中に芽生えていた。

すると徹は自分のものだと主張するかのように、気がつけば彼の唇を奪っていた。

「んぉっ……んっ、んんぅっ！」

力任せのキスに困惑しきりの徹だが、エミリアはそんなことお構いなしにどんどんエスカレートさせていく。

閉じられた唇を、外から舌で強引にこじ開けて口内に侵入する。

すかさず舌を捕捉して搦め捕り、そのぬめりに満ちた感触に体温が急上昇し、頬まで紅潮して蕩けそうになる。

唾液に満ちた口内で、熱い二枚の舌をねっとりと絡ませ合う。

「ちゅっ、んぅっ……んふっ、ぷちゅっ、んれろっ……」

未だ戸惑い気味ではあるものの、徹の吐息も熱を帯びはじめて再び体に官能が燻り出したことを知らせてくれる。

男女の営みに関心のなかったエミリアに、このディープキスを教えてくれたのは当然目の前の徹だった。

まるで自分はここまでできるようになったのだと誇示するように、忙しなく舌を動かしていく。

徹の興奮が鮮明に伝わってくる反面、熱くぬめる彼の舌に興奮していくエミリアの方が、先に理性が蕩けそうになってしまう。

すっかりその気になってしまった徹が、その後自分をどれだけ激しく求めてくれるのかと想像するだけで、股間が潤いだしていた。

（んっ……！　トオルの舌が……）

すると、急なキスにフリーズしていた徹も、やっとその気になったらしく、エミリアの腰に腕を回すと、積極的に舌を動かしてきた。

舌が触れ合い、絡み合う。

まるで夢見心地の歓喜が、全身に駆け巡っていく。

口内を掻き回すような乱雑な舌の動き。

熱い吐息が、お互いの口から溢れ出している。

「ふんぅ……ちゅ、んんっ……ぷちゅ、んむちゅぅ……っ」

徹はエミリアの舌を唇で包んで吸い立てる。

スイッチが入って、とにかく積極的になったキスの快感に、視界が霞む。

その気になれば簡単に振りほどけるほど弱々しい力のはずなのに、とても力強くて男らしく感じられる。

蠢く艶かしい舌と欲情に潤んだ表情。

ヌチャヌチャと、粘着質な音を奏でる。

「んはぁ、はふぅぅ……トオル……」

エミリアは熱い吐息と共に、ゆっくりと唇を離す。

そしてとろんとした瞳で、徹の顔を見つめる。

「い、いや、その……嬉しいけど、今はそれどころじゃ——ぁあっ!?」

露わになっている胸板に手を這わし、左右にある突起を口にした。

「ふふっ……気持ちいいのか？」

「い、いきなりなにをぉ……!?」

不意に乳首に走った刺激に身震いする徹。

唾液を塗りたくるように、たっぷりと舌を押しつけて乳頭を転がす。

「余に無断でパトリシアと……事情は理解しているつもりだが、納得できんのだ」

そう言って徹の肌を指でゆっくりと撫でながら、小声で呟いた。

「ぬぁあっ！　そ、そうは言われてもっ……」

徹も乳首の感度がよく、舌が動き回るたびに短く呻く。

次第に突起は硬さを増し、刺激によってピクッ、ピクッと体が震えている。

顔を赤くして素直な反応を示す徹が可愛く思えて、さらに舌を使って舐め回す。

「余にもしてくれなくては、不公平ではないか……んっ、んふぅ、ちゅぷっ……キスしただけでマ×コが濡れておるのだ、トオルのチ×ポが欲しくてな……」

唾液の滴る淡い朱色の舌を伸ばして、乳輪を縁取るように擽《くすぐ》り、すっかり硬く突き立った乳首をついばむ。そして胸板を撫でていた指を股間に向けて下ろしていく。

「はっ、くぅ……こ、こんなことされたら、俺だって……っ」

指先は肉茎よりも先に、大きく膨らんだ亀頭に接触した。

すでに全力で漲《みなぎ》っていたペニスは、重力に逆らって下腹にくっついてしまいそうなほどに勃起していた。

火傷してしまいそうなほど熱い肉棒に触れた瞬間、エミリアの口から艶っぽい感嘆の声が漏れる。

「ふあぁぁっ……もうガチガチに硬くなっているではないか。とても逞しくて、触ってるだけで頭がおかしくなりそうだ」

太いペニスを握り、少しでも早く挿入してもらえるようにモゾモゾとお尻をくねらせ、豊満な乳房を押しつけて興奮の度合いをアピールする。

依然として乳首への刺激をつづけながら、鉄のように熱いペニスを根元から先端まで幾度となく手を往復させてしごき上げる。

しなやかな指先と柔らかい手の平に包まれた肉棒も、その興奮を示すようにビクッと大きく跳ね上がった。

「エッチな、魔王様だな……っ」

「トオルのせいではないか。余の体をこんなにいやらしくして……」

「それはエミリアの資質のような気もするけどな」

軽口を叩きながらも、徹の瞳には興奮が色濃く浮かび、ギラついていた。

自らも小さく腰を振ってペニスを手に擦りつけてくる。

「余なら、いつでも大丈夫だ」

返事をする代わりにひときわ大きく肉棒が脈打ち、徹の手がエミリアのヒップに触れた。

数回尻肉の感触を味わうように撫で回すと、ようやくタイトスカートの裾に手をかけて一気に捲り上げる。

スカートが裏返ってショーツが露わになると、さっそくクロッチを横にずらして張りつめた怒張を挿入しようとした。

「ほ、本当に最後までするつもりなんですか……っ⁉」

慌てて口を挟んできたのは、先ほどから事の成り行きをただ眺めていたライムだった。

傍らには気を失ったパトリシアが、そしてさすがに野外ということもあって、エミリアも戯れ程度ですませるだろうと考えていたのか、徹のペニスを咥えこもうとしたところで、ライムが声を上げた。

「当たり前だ。トオルの勃起チ×ポを前にして、我慢などできんっ！」

「ですが……っ」

「パトリシアはまだしばらく目を醒ますまい。一度くらい問題なかろう」

「エミリア様……」

困惑した表情を浮かべながらも、ライムの視線は徹の肉棒をとらえていた。

真面目な性格をしているが、やはり内心では気になって仕方がない様子。

無視してはじめてしまうのも手ではあるが、付き合いが長く親しいだけに、さすがにそれは悪い気がしてならない。

「それなら手伝ってくれないか？」

「は？」

「ライムも一緒にすればいい。そうすれば、余が絶頂を迎える時間を短縮させることができるかもしれんぞ？」

「それは、そうかもしれませんが……」

「いやか？」

「そ、そんなことは——はぁ〜、わかりました。まったく、言い出したらきかないんですから……」

さすがにエミリアのわがままな性格をよく理解しているだけに、諦めたように首を縦に振ってくれた。

しかし、あれこれ言いながらも、一瞬ライムの瞳が輝いたことをエミリアは見逃さなかった。

「話はまとまったな……迷惑かけた分、激しくするぞっ」

徹はエミリアの体を抱え上げると、ライムを参加しやすくさせるためにパトリシアが眠っている岩とは別の岩に腰を下ろすと、背面座位の体勢で肉棒を構える。

「なにっ……？　ちょ、トオ——ぉぁあああっ!!」

いきり立った極太の逸物が、一気に奥までめりこんだ。

同時に膣内で分泌されていた淫液が押し出されて飛び散る。

目も眩むほどの衝撃に、エミリアは甲高い嬌声を迸らせた。

不意打ち気味に媚肉を拡張される感覚に身震いする。

興奮して潤っていたこともあり、驚くほど簡単に根元まで入ってしまった。

（目いっぱい広げられて、膣内が悦んでいるっ！）

小刻みに体を震わせ、新たな蜜を溢れさせて歓喜する。

「エミリア様のオマ×コ、もうこんなにトロトロに……」

しっかりと根元まで咥えている光景を眺めながら、ライムが感嘆する。

主の行動を窘めるようなことを口にしながらも、やはり彼女も興味津々だったのだ。

自分のはしたない姿を晒しているという自覚はある。それによって羞恥心がこみ上げてくるも、顔から火が出そうなほど恥ずかしいはずなのに、体は肉棒を求めるように蠢き、ゾクゾクと背筋に快感が駆け抜ける。

「うっ、動くぞ……俺も我慢できない……っ」

徹が眉を顰めて呻き、さっそく腰を振りだした。

愛液で粘ついた膣襞が、抽送によって摩擦される。

「ふぁあああっ……！　チ×ポが擦れて、いっぱい広げられてっ……んぃいいっ、ああぁあんっ……す、すごいぃ!!」

エミリアの口から嬌声が飛び出す。

結合部から粘度の高い蜜が溢れると同時に、口からも涎が溢れて滴る。

膣肉を拡張するように上下運動する肉棒の心地に、エミリアは顔をだらしなく歪ませて悦楽に狂乱した。

艶かしく蠢く膣内を肉棒によって掻き回され、腰をくねらせては身悶え、喘ぐ。

徹のペニスに引っ張られ、捲れ上がっては内側の粘膜を外気に晒す。

愛液で潤っている蜜壺は、抽送されるたびにクチュクチュと淫猥な音を奏でる。

本当に羞恥など感じているのか、疑ってしまうほどエミリアは徹の動きに合わせて自ら腰を振ってさらなる快感を得ようとする。

「エミリア様の、オマ×コ……」

ゆっくりと顔を近づけ、徹とエミリアの結合部を凝視するライム。

その熱視線は徹と同等かそれ以上で、目を皿のようにして顔を寄せてくる。

彼女も徹との一件以来、ずいぶんと自分の欲望には正直になってきた。

魔王軍の二大巨頭が、揃って一人の男に夢中になってしまうとは思わなかった。

「あふっ、んっ、はぁああっ！　は、恥ずかしいのにっ……はぁ、あんっ、ライムに見られて……興奮してしまう!!」

「だったらもっと、興奮してください……っ」

「きゃひっ!?　んあ、あぁっ、あぁぁあっ!!」

不意に電流のような刺激が走って、体が震えた。

瞳を爛々と輝かせたライムが、徹の肉棒が出入りしている膣口に舌を這わせていた。

「んれろっ、ちゅぶっ、じゅずずっ……はぁ、エミリア様の味がします……」

舌先を尖らせ、ペニスを咥えこむ淫裂をなぞるように刺激し、溢れ出る淫液を啜っては嚥下していく。

「ひぃううんっ！　チ×ポ、動かされながら、そんな場所をぉ……あうぅっ、舐められたらっ、感じすぎてぇ……っ！」

剛直が抜き差しされるたびに、雁首で膣襞が擦られて快感が背筋を駆け抜けていくというのに、そのうえザラつく舌で膣口を舐められる刺激まで上乗せされたら、早々に絶頂を迎えてしまいかねない。

興奮を抑えきれないものの、パトリシアが目を醒ましてしまえば面倒になると、まだある程度は自制心が働いているライムは、とにかく一度エミリアをイカせることしか考えていないようだ。

伝播する官能に口が震えて喘ぎ声を抑えることができない。

そしてそれは徹に対しても同様だった。

「うっ、はぁ、ぁあっ……ライムの舌が当たって……っ！」

埋没させたペニスを震わせて呻く徹と、過敏に身を震わすエミリア。

お互いにそれほど長くは保たないと理解する。

それでもペースを抑えることなく貪欲に求め合う。

「んぢゅっ、ずずっ……れろ、んふぅ……もう少し、時と場合を考えてくださいっ」

ライムはエミリアを窘めつつ、ねっとりと唾液を塗した舌をあてがう。

徹も特に拒絶するつもりはないらしく、ライムの舌使いを受け入れていた。

「ひああっ！　トオルっ、激しっ……んくぅっ、ひぃいいんっ!!」

ライムの愛撫で反射的に収縮する膣内を、強引に押し広げては引き抜き、また押しこまれる。

そんな甘美感に、エミリアはただ喘ぎ声を上げることしかできない。

脳裏を埋め尽くす圧倒的なまでの快感。

あまりの凄まじさに、全身が蕩けてしまったような錯覚さえ覚える。

「れろっ、むぢゅるっ……はぁ、徹、貴様もだ……性欲の塊とはいえ、パトリシア相手に欲情するとはっ……」

ライムの舌の動きが、あきらかに速くなった。

エミリアはパトリシアに対する妬みもあるが、結局は情欲に溺れながら徹の肉棒を存分に味わいたいのだが、彼女は違った。

とにかく早く城に戻ろうと、全力で絶頂に導こうとしている。

ビリビリと痺れるような刺激が、ペニスの摩擦感に加わって堪らない快感を生む。

このまま舐められているだけで、あっさり昇りつめてしまえそうだ。

「くぉぉっ……！」

二人揃ってライムの舌に身震いしていると、突然徹の腰使いが激しさを増した。

パンパンと、素早く腰を打ちつけてくる。

「きゃふぅうんっ！　んあっ、あぁぁっ……と、トオル!?　急にぃっ……んふぅ、んぅっ、んひゃぁあっ!!」

鼻息を荒くしながら、力強く腰を押し上げてくる。

しっかりと打ちつけて、ペニスを子宮口までめりこませる。

亀頭が何度も奥を叩く衝撃に、全身に痺れるような快感が広がる。

そして剛直が出入りするたびに、膣襞がよく絡まって、ピッタリと吸いついては離れようとしない。

「ふぅ、ふぅ、くぅ……っ、エミリア、エミリアぁあ……っ！」

「はひぃいいっ！　チ×ポっ、あ、ふぁあっ……な、膣内で暴れてっ！　硬いチ×ポがぁあっ、んあぁああっ!!　マ×コが引きずられて、捲れてしまうぅうっ!!」

忙しなく腰を打ちこまれて、甘ったるい嬌声を響かせる。

腰使いが激しくなり、それに合わせてガクガクと揺さぶられる。

勢いよく上下運動させられると、結合部に舌を伸ばしていたライムの照準が上手く定まらなくなる。

懸命に舌を伸ばすものの、振り幅の大きい照準に困惑していた。

「は、激しすぎだっ……これでは、エミリア様のオマ×コが……」

力いっぱいピストンを繰り出す徹のおかげで、クンニリングスを行えなくなった不満をこぼすライムだが、結合部から溢れる淫液の飛沫を浴びて「エミリア様の……」と、恍惚な表情を浮かべていた。

彼女の援護はなくなったが、徹の勢いは衰えない。

衝動の赴くままに、腰を振り立てつづける。

「はぅあぁっ、んはぁあぁっ！　んいぃぃっ、チ×ポ、は、激しっ……あくぅぅっ、んんんっ……頭までっ、ズンズンきてっ！」

徹に膣内を蹂躙され、エミリアは艶かしい声を迸らせる。

一オクターブ高くなった嬌声を耳にして、どんどん絶頂へ昇りつめていることを察した徹は、果敢に腰を振っては射精感を募らせていく。

「はぁっ、はぁっ、はぁっ……んぅ！」

抽送を加速させる徹の呼吸の間隔がみるみる短くなっていく。

頻繁に呻きながら、叩きこむようにして腰を打ちつける。

その余裕のない行動は、射精がもうすぐそこまで迫っている証拠だった。

「ひゃはぁっ、あぁあぁっ！　チ×ポいいっ、チ×ポ、また大きくなって！　んぅぅ……き、亀頭が膨らんでっ……ぁあぁあっ!!」

肉棒に押し出された淫液を失禁したように滴らせながら、エミリアははしたなく喘ぎつづける。元々限界が近かっただけに、徹のラストスパートはもはや耐えられるものではなくなっていた。

ズンッと根元まで突かれるたびに、悦楽が駆け抜けて頭の中が真っ白になる。切羽つまった喘ぎ声に、全身が強張る。

唇が戦慄いて閉じられない。

「そ、そろそろ出すぞっ、エミリア……！」

蕩けきった膣内を穿つ徹が、絞り出すようにして叫んだ。

「んひぃいっ……！　だ、出してくれっ、早くっ……トオルの精液っ、出してっ！んあ、イクっ、イッてしまうっ！」

懇願するエミリアに、力強く頷く徹。

衝動の赴くままに剛直を突きこんで膣内を激しく掻きむしっていく。

エミリアは身悶えながら、甘い悲鳴をあらん限りの声で響かせる。

ドロドロに掻き回されて白濁した淫液を結合部から垂れ流しながら、悦楽の瞬間へと昇りつめていく。

「い、いくぞっ……しっかり受け止めてくれよっ!!」

徹は大きく息を吸いこんで、これが最後とばかりに強烈な一突きを放つ。そして脈動する肉棒が最奥で濃厚な精液を盛大に吐き出した。

「くひぃぃいいんっ!! し、子宮ぅ……奥にきたぁあっ！ んあぁぁっ、きているっ、熱いのが……トオルの熱い精液がっ、膣内で暴れてぇぇ!!」

子宮に迸る熱の悦びに打ち震え、脈打つ肉棒を奥へ奥へと呑みこむように蠢かせながら、噴き上がる悦楽に思考が停止する。

「くぉおっ……!!」

射精感に体を強張らせる徹も、すべてを吐き出そうと肉棒を何度も波打たせる。

「イクっ、イグぅうう!! はひゃぁああっ、精液しゅごいぃいいっ！ 子宮パンパンにされながら、イッてりゅぅううう!!」

怒濤の勢いで限界以上に白濁液を放出され、目に見えるほど腹部がわずかに膨らんでいた。苦しいほど張りつめているはずなのに、胎内を掻き混ぜられる快感に、エミリアは狂ったように喘ぎ悶える。

ドクドクと、精液を打ちこまれるたびに、その分だけ結合部の隙間から子種が溢れて足元に落ちていく。

「しゅっ、しゅごいぃぃっ……はぁ、はぁ、はぁぁぁ……っ、んっ、ぁふぅぅん……また、いっぱい膣内にぃ……」

射精が終わり、絶頂のピークが遠ざかっていくと、エミリアは糸が切れた人形のようにガクッと力なくうな垂れる。

全身を襲う陶酔感に身を委ねつつ、膣内射精の悦びに震える。

胎内に溢れる精液の熱は心地よく、間近で一部始終を見つめていたライムもうっとりとした表情で滴る白濁液を指で掬い、それを口に運んでいた。

(城に戻ったら、またライムと一緒に楽しもうか……)

徹の温もりを感じながら、エミリアはその多幸感に酔いしれた。

☆

(な、なんでっ……どういうことっ⁉)

妙に艶かしい声が聞こえるような気がして瞼を開けると、そこには徹に抱え上げられてペニスで貫かれている仇敵、魔王エミリアの姿があった。

信じられない光景に、絶句するパトリシア。

これは夢ではないかと疑いたくなったが、下半身から伝わってくる粘着質な感触が、現実のものであるという事実を突きつけてきた。

ベットリと絡みつく白濁液を目の当たりにして、パトリシアは自分がなぜこんな場所で眠っていたのかを思い出した。

そして同じことを、すぐ傍でエミリアが行っているのである。

思わず固まってしまったが、現在自分が置かれている状況を整理する。

自分がどれだけ眠っていたのかはわからないが、まだ日も高いことから、それほど時間は経過していないだろう。

しかし、パトリシアが逃げ出したことに気づかれているとは思っていたが、まさかこれほど早く見つかるとは想定外だった。

しかも追っ手は有象無象の雑兵ではなく、魔王軍二強のエミリアとライム。

勇者であるパトリシアを確実に始末、もしくは拿捕するためには妥当な人選といえるが、まさかエミリア自ら動いていたことには驚いた。

だが、どうしても理解できないのは、この状況である。

まず第一に、発見されるのが早すぎる。

いずれ見つかるかもしれないと覚悟はしていたものの、予めパトリシアたちの居場所がわかっていたのではないかと思えてしまうほどだ。

第二に、標的であるはずのパトリシアは、初めて体験したセックスの絶頂に耐えきれず、気を失ってしまった。そんな情けない姿で発見しておきながら、彼女たちは手足を縛って動きを封じるでもなく、まったく興味がないとでもいわんばかりに放置していた。

魔族にとって宿敵ともいえる勇者にトドメを刺すには、これ以上ないというほど絶好の機会だったというのに。

そして一番解せないのは、魔王エミリアがその威厳を微塵も感じさせないほど淫らに乱れ、徹になすがままにされていることである。

パトリシアも彼によってもたらされた快感の前に、蕩けて動けなくなってしまったが、徹を無力な民の一人として認識していたこともあって、半ば不意打ち気味の衝撃に抗えなかった。

しかし、それが魔王であるエミリアにも通用するとは到底思えない。

そもそも、人間の命などその辺りの小石程度としか考えていない魔族の頂点に君臨する彼女が、たとえ戯れであったとしてもその身を徹に委ねるなどとは到底考えられない。

あり得ないと、何度も目の前の光景を否定しようとするが、エミリアの痴態を目の当たりにしていると、ドクンッ！　ドクンッ！　と心臓の鼓動が激しくなる。

彼女の膣口を出入りする逞しい肉棒。

全身が燃えるように熱くなり、股間からは洪水のように愛液を滴らせた。

一突きされただけで、それだけでパトリシアの体は蕩けるような快感に見舞われた。

そこにいたのは、鍛錬を重ね人々を導く勇者ではなく、女の悦びを知った一人の少女でしかなかった。

パトリシアは、自分の痴態が今のエミリアと重なって見えた。

(魔王でも、あんな顔するんだ……)

徹のペニスがひときわ大きく震えると同時に、結合部から大量の白濁液が溢れ出した。

エミリアが甲高い嬌声を上げ、ガクガクと激しく全身を痙攣させる。そしてその表情は、人々から恐れられている魔王とはほど遠く、幸せそうに見えた。

すっかり蕩けてしまったエミリアの姿に、先ほど体験した膣内射精の快感を思い出す。

(ボク、魔王のことを羨ましいと思ってる……?)

徹の腕の中で絶頂の余韻に浸る彼女に当てられたのか、改めて体が火照りだす。

はっきりと、この肉体が彼を欲していると自覚する。

だが徹の傍には魔族が二人。

迂闊に近づくどころか、起き上がるタイミングすら難しい。

先のパトリシアと同様に、凄まじい射精の快感に襲われたエミリアは戦力外だろうが、ギラギラと瞳を血走らせながら主の痴態を見つめているライムは別だ。

徹を助けるには、どうしても彼女を排除しなければならないのだが、追っ手としてやってきた以上、武器を携帯している。

丸腰の状態で正面から戦うには、あまりにもリスクが大きい。

勇者が取る行動としては決して褒められたものではないが、一瞬の隙を突いた不意打ちくらいしか、現状を打開する手段はないだろう。

ライムもエミリア同様に徹を求めてくれれば、いくらでもチャンスはあるのだが、主とは違って城に戻ることを何度か口にしていたことからそのつもりはない様子。

一挙手一投足を見逃すわけにはいかなかったのだが――

「……いつまで、寝たふりをしているつもりだ？」

「き、気づいてたのっ⁉」

気配を消して様子を窺っていたつもりだったのだが、色欲に溺れる主とは違い、その側近はパトリシアが目を醒ましていたことに気づいていた。

誤魔化しようもなく、立ち上がってライムを見据える。

まだほんのわずかではあるが、軽く痺れる程度の余韻が残っていた。

しかし、そんな泣き言を言っていられるような状況ではない。

「よほど徹とのセックスが刺激的だったらしいな……集中しきれていなかったのか、かすかに殺気が漏れていたぞ？」

「うっ……！」

この場を切り抜けることを優先させるつもりが、つい目先の欲望に釣られてしまったのは事実。それほど自分が彼に夢中になっていたのかと、改めて驚いてしまった。

「ちょっ……ライムもパトリシアも、ここは穏便に……」

エミリアを抱えながら、困惑した声を漏らす徹。しかし二人の耳には届かない。

「おとなしく城の地下に戻るつもりは――なさそうだな」

「当然だよ！」

「ならば、力ずくで従わせるだけだ」

そう呟くと、ライムの体が揺らめく。

パトリシアが咄嗟に跳び退くと、鳩尾あたりを狙った手刀が空を切るが、これで攻撃は終わらない。

「……っ⁉」

躱《かわ》すと同時にもう片方の腕を喉元へ伸ばしてきた。

（体の反応が鈍いっ……！）

城で襲いかかってきたカーデス相手ならまだしも、実力に大差のないライムが相手では、その時のコンディションが大きく影響してくる。

新たな手刀をどうにか掌底で払い落としたものの、最悪の展開だった。

徹との一件を後悔するつもりはないが、状況はあまりにも不利。

彼を連れて逃げるどころか、自分一人でも逃げきれるとは思えなかった。

「どういう、つもりかな？　武器を使わないなんて……」

「使うまでもない……それはお前自身がよくわかってるだろう？　あいつの精をまともに受け止めて、そんなに早く回復できるものか」

余裕を見せたつもりが、あっさりと見抜かれた。

むしろ余裕があるのはライムの方だ。

パトリシアは繰り出される手刀を後退しながら避け、受け流すが体が重く、反撃する余裕はなかった。

「んくっ……！」

反応が間に合わない。

なんとか上体を反らすものの、完全には躱しきれずに前髪が数本宙を舞う。

「緩慢な動きだ」

つまらなそうに呟くと、ライムは爪先で地面を抉る。

目先の手刀に気を取られていたパトリシアは、気づくのが遅れた。

「うぁっ！」

ライムは脚を振り抜くと、土を蹴り上げて目潰しを狙った。

反応が半歩遅れたことで、躱すのは不可能。

反射的に両手を上げて目を庇ってしまう。

「隙だらけだぞ……」

その間、首より下はがら空きになる。

これではどうぞ攻撃して下さいと言っているようなものだ。

当然、これを狙っていたライムが手を緩めるはずもない。

「ぎゃんっ!!」

手刀ではなく、鳩尾に掌底を叩きこまれて吹き飛ばされる。

二～三メートルほど地面を転がる。

人体の急所を適確に捉えられ、衝撃で息が詰まる。

体勢を立て直そうにも、追撃するライムの方が早い。

(このままじゃ――っ!!)

対応しきれない。

肉薄するライムの一撃が、眼前に迫る。

「やめろぉおおおっ!!」

「っ!?」

パトリシアが諦めかけた瞬間、絶叫が木霊した。

それと同時にライムの手が止まる。

「いくらなんでもやりすぎだろっ!?」

大声を上げたのは徹だった。

慌ててこちらに駆け寄ってくる。

そしてその隣にはエミリアもいた。

「ちと落ち着け。トオルが止めていなかったら、最悪パトリシアは死んでいたぞ」

「申しわけ、ありません……」

エミリアに窘められ、素直に振り上げた手を下ろすライム。

「大丈夫か?」

「う、うん……でも、なんで……?」

目覚めた時以上に、パトリシアは困惑していた。

エミリアがライムの行動を窘めている理由も不可解だが、なにより徹が叫んだことで攻撃の手が止まったのだ。

彼は人間である。

魔族であり、魔王に次ぐ地位にあるライムが徹の言葉を聞き入れたことが、なにより信じられなかった。

「まあ、色々と気になることもあるだろうけど……とりあえずなにか穿かないとな」

「えっ——あ……っ!?」

徹に言われるまですっかり失念していたが、パトリシアは下半身が丸出しだった。

大量の精液を流しこまれ、その場で失神してしまっていたのだ。

彼女たちの動向ばかりに意識が向いていて、自分の格好など二の次だった。

体温が一気に急上昇し、顔が茹蛸のように真っ赤になる。

今になって、猛烈な羞恥が押し寄せてきた。

急いで初体験を行った岩まで戻り、まだ乾きかけではあったが、構うことなく下穿きに脚を通した。

「信じられないかもしれないけど、全部説明するよ……」

しっかりと目を見据えて喋る徹。

魔族と話し合う余地などない——と、少し前のパトリシアなら突っぱねていただろう。しかし、今は事情が違った。

理解できない事象が多すぎる。

これまで魔族は人間の敵だと信じて疑わなかったパトリシアだが、目の前の徹はあまりにも自然に彼女たちと接していた。

その理由は、はっきりさせなければならないだろう。

エミリアやライムの言葉では、どこまで信じていいのか疑わしいところだが、徹の言葉なら信用に値する。

それなりに人を見る目は持ち合わせているつもりだった。

その相手が善か悪かくらいは、ある程度判断できる。

少なくとも徹は、人を騙すようには見えなかった。

緊張した面持ちで、エミリアたちと向かい合う形で腰を下ろす。

「まず俺は――」

そして徹は、順を追って説明しはじめた。

徹はパトリシアと同じ人間だが、この世界とは別の場所からやって来たこと。

時折人間を襲っているのは、エミリアの陣営に組していない魔物であり、現魔王軍には人間と争う意思がないこと。

無用な争いを回避するために、エミリアが考案した子作り計画。それを完遂させるためには徹の並外れた繁殖能力が必要不可欠だったこと。

宿敵である勇者パトリシアを捕らえていたのは、説得が不可能であり、そのまま逃がせば間違いなく人間との大規模な戦闘に発展しかねないという判断から。確かに捕まることなく帰還していたら、兵を煽動して魔王城を目指していたかもしれない。

また思い返してみれば、閉じこめられていたのは地下ではあったが、とても牢獄と呼べるものではなく、王宮の客室とも遜色ないものだった。

自分の待遇が理解できなかったが、特に危害を加えるつもりがなかったと言われれば、納得してしまいそうだった。

「魔王が、争う気がないなんて……」

にわかには信じ難い。

「まあ、いきなりそんなこと言われても、眉唾ものだと思うよな……普通は」

「正確に言えば、雑魚を相手にするのが面倒なだけだがな」

「………」

どこまで信じていいのか、判断に迷う。

木々が生い茂り、手入れが隅々まで行き届いていた城内を目にしてからというもの、パトリシアが抱いていた魔王・魔族のイメージが瓦解しかけていた。

そして極めつけは、徹の存在である。

目的達成のためには非常に重要な役目を担っているのは理解できるが、魔王であるエミリアと対等な立場で話をしているどころか、先ほどなど彼女を完全に手玉に取っていた。

ライムも、そんな徹の態度を咎める様子はない。

魔族だの人間だの関係なく、彼を受け入れていた。

「俺としては、エミリアとパトリシアが和解してくれると、ありがたいんだけどな」

「でも……それで他の皆が納得してくれるかな?」

ここしばらく大規模な被害こそ出ていないものの、時折魔物に襲われて命を落とした者はいる。パトリシアにとっても、つい最近まで魔族は討伐の対象でしかなかった。

こうやって話を聞いているだけでも、以前なら絶対にありえない。

「勿論、そんな簡単なものじゃないのはわかってる。けど、殺したから殺されて……殺されたから殺して……それで最後は平和になるのか？　報復が報復を呼んで憎しみを生む……そしてそれがいつか取り返しのつかない事態を招くかもしれない」

「それは——」

決して人間と魔族との関係だけに当てはまることではない。

人間同士でも憎しみ合い、惨劇を引き起こすことはある。

徹の言っていることは理想論なのかもしれない。しかし、相手を滅ぼすだけが平和への道ではないのは確かだ。

そしてその真意を人々に伝えるのは、勇者と謳われるパトリシアの役目でもある。

「まったく、ずいぶんと簡単に言ってくれるな」

「そう言われるとつらいけどな。言葉を交わして、それ以上の関係を持った女性が、人間だの魔族だのって両陣営に分かれて争うなんて、俺は見たくないからな」

「貴様は結局それか……」

「可愛い女の子が傍にいてくれれば、人生が潤うってもんだ」

胸を張って言いきる徹。

「ふふっ、さすがは天下無双の種馬だな」

「それ褒めてないだろ」

「そうか？　トオルにピッタリではないか？」

「現実を受け入れろ。エミリア様と私だけでは飽き足らず、パトリシアにまで……」

「ぐぬぬぅ……」

反論できず、なにも言えなくなってしまう徹。

「ライムは嫉妬しているのだ。他の女に手を出したら、大好きなトオルに可愛がってもらえなくなるかもしれない――とな」

「エミリア様っ!?　な、なにを言って……っ!!」

これまで徹に冷ややかな視線ばかり向けていたライムが、一転して顔を紅潮させて声を荒げる。

それでもエミリアはそんな彼女の態度に、ニヤリと笑みを浮かべた。

「例えば……今この場所でパトリシアと和解できなければ、今後一切ライムとはセックスはしないと言い出したらどうする？　勿論、余の考えに従うって答えは認めない。ちゃんとライムの意思で答えるのだ」

「な、なんなんですか、その質問は……っ」

「トオルとセックスしたくないのか？」

「ううぅ……ズルイですよ、全部わかっているはずなのに……」

ピリピリと、張りつめた空気さえ醸し出していたライムが、火が点きそうなほど顔を真っ赤にしたまま俯いて小さくなってしまう。

とても魔王に次ぐ実力者の姿とは思えない。

それにエミリアも、以前城の地下で対峙した時の物々しい口調ではなく、まるで友人や恋人と談笑しているような、ごく自然体でいる。

徹と接している彼女たちには、人間と魔族の垣根などまるで存在していない。

（これが、徹が望む関係……）

決して、夢物語ではないのかもしれない。

「エミリアはどうなの？　人間と魔族が和解できたらって、思ってるの？」

「せっかくこの世界に生を享けたのだから、楽しまなければ勿体なかろう？　人間にしても、魔族にしてもそうだ……いざこざを起こして命を落とすなどつまらないことはない。さすがにいきなり手を取り合えるとは思わないがな」

適当に言葉を並べ立てているようには聞こえない。

さすがにすべてを信用するつもりはないが、彼女の言う通りだろう。

この世に生まれてきた命が、無意味であるはずがないのだ。

お互いに手を取り合い、無駄な血を流さないですむのなら、彼女たちとの共存は価値のあるものとなるだろう。

「まさか、魔王の考えに共感する日がくるなんて思わなかったよ」

「それじゃあ……っ」

「うん。徹たちを見てたら、絶対に不可能じゃないって思えたから」

「この場合は、よろしくって言うべきなのか？」

そう言って、右手を差し出すエミリア。

「こちらこそ、よろしくね」

その右手を握って、しっかりと握手を交わす。

まだ問題は山積みだが、古《いにしえ》の時代よりつづいていた人間と魔族の争いは一応の終焉を迎えた。これからはお互いに手を取り合っていく時代がやってくるのだ。

「ふぅ〜、一時はどうなるかと思ったよ」

魔王と勇者の仲を取り持つことになった張本人、徹はホッと胸を撫で下ろした。

「なにを終わった気になってるのだ？」

「へ？」

「長年敵対関係だった相手と、口だけで仲良しこよしになれるわけなかろう」

「もしかして……」

「そう、トオルの十八番だろう？」

これでもかというほど輝かしい満面の笑みを浮かべるエミリア。

パトリシアには会話の内容はまったく理解できなかったのだが、すぐに納得させられることになるのだった。

☆

エミリアはともかく、パトリシアがあっさりと和解を受け入れてくれるとは正直予想外だったが、彼女に心境の変化をもたらしたのは間違いなく徹の存在だった。

取った行動はスケべ根性丸出しではあったが、結果的にこの世界に大きな変革をもたらすことになった。

歴史的な瞬間に立ち会えたと、胸に熱いモノがこみ上げてきたところで、エミリアの口から思わぬ要求が飛び出してきた。

徹の得意なことと言われても、思い当たるのは一つしかない。

「ここでか？」

「ダメか？」

「いや、超賛成だ！」

後顧の憂いがなくなった以上、躊躇う必要はない。

元々その際限のない精力を求められて召喚された以上、二ラウンドをこなした程度で音を上げるほど枯渇していない。

「えっ、なに……どういうこ――ひゃうんっ!?」

「こういうことだ」

首を傾げるパトリシアの胸を、エミリアがわしづかみにする。

優しく捏ねるように指を動かしながら、敏感な反応を楽しむ。

「んはっ、ぁ……っ、なんでいきなり、こんな……あんっ」

「トオルの世界には〝裸の付き合い〟って言葉があるそうだ。相手とより親密な関係を築くためにはお互いの恥ずかしい部分や、ありのままの姿を包み隠さずに晒すことが大切なのだとか……」

「そ、そうなの？」

「ああ、その通りだ」

本来は〝隠し事がない〟などといった意味であり、別段一緒に入浴したり、文字通り素っ裸になる必要はない。

それでも徹は訂正するつもりはなかった。

「そういうわけだ、ふふっ……さあ、ぬぎぬぎしようか」

「ひぁっ……!?」

にこやかな笑みを浮かべながら、エミリアはパトリシアの着衣を剝ぎ取っていく。

綺麗な柔肌が露わになり、たゆんと揺れてその重量感を見せつける乳房は正に絶景なのだが、徹は跳びつきたい衝動をどうにか抑えこむ。

「ちょっと待った」

「トオル?」

「魔王と勇者の百合展開――大いに結構。だけど順番的にはライムの番だ」

「貴様、いきなりなにを言い出すっ!?」

「別に二人を蔑ろにするつもりはないさ。どうせなら二人の初めての共同作業として、ライムを責め立ててみないかっていう提案だよ。当然俺も加わるから、三人がかりでってことになるけどな」

本日はすでにパトリシア、エミリアと致しているが、ライムは眺めていただけ。公平性を重視するなら、次は当然彼女の番ということになる。

「ほう、それ面白そうだな」

「やり方なんてよく知らないけど、さっきのお返しにもなるかな……」

徹の提案に、真っ先に目を輝かせたのはエミリアだった。

まだ困惑気味ではあるものの〝裸の付き合い〟の適当な解釈に納得してしまったの

か、パトリシアも賛成してくれた。

「え、エミリア様までっ!?」

徹が勝手に盛り上がるだけならばともかく、主まですっかりその気になってしまっては、ライムに拒否権はない。

もっとも、本気でいやがっているのなら逃げ出す機会はいくらでもある。

内心では多少期待しているのか、顔を赤くして脚をモジモジと擦り合わせていた。


(な、なぜこんなことに……っ)

三人の気持ちが一つになると、それからの行動は迅速だった。

エミリアがライムの背後を取って羽交い締めにし、パトリシアが衣服を脱がしていく。そしてその光景を一歩離れて徹が笑顔で眺めていた。

つまらない諍《いさか》いを回避するために、勇者と和解することは賛成だが、まさかいきなりこんな展開になるとは想定していなかった。

エミリアに責められるというのは非常に魅力的だが、徹の提案とはいえパトリシアまでその気になってしまうとは思わなかった。

彼女にとっても、徹との一件は相当に衝撃的だったのだろう。

身をもって経験しているライムには、よく理解できた。

しかし、気持ちがわかることと、状況を納得することは違う。

つい先ほど、殺気を纏って攻撃を仕掛けた相手の目の前で恥部を晒すというこの羞恥。並大抵のものではない。

今後のことを考えれば、親密な関係を築くことは大切だが、もっとソフトなところからはじめるべきではないだろうか。

「ふふっ、いまさら照れなくてもいいではないか……相変わらず可愛いな」

羞恥に苛まれているのであって、決して照れているわけではないのだが、我が主はそれも含めて楽しんでいた。

「うぅ……エミリア様は意地悪です」

なにを言ったところで、状況は変わらない。

大きなため息を吐くと、諦めたように抵抗するのを止めた。

「それで、どうやって責めるの？」

「まあそう慌てるなって……せっかく魔王様と勇者様が手を取り合った記念日なんだ。子作りとは関係ないけど、少しプレイの幅を広げようと思うんだ」

「どういうことだ？」

「プレイの、幅……？」

興味津々のエミリアと、よくわからずに首を傾げるパトリシア。

ライムには、いやな予感しかしなかった。

「まずお尻をこっちに向けてくれるか」

「くっ……！　後で覚えてろ」

徹に指示されるまま、ライムは四つん這いになってヒップを高く突き上げた。

瑞々しいヒップを見せつけるようなポーズをさせられ、全身を羞恥の炎が焦がしていく。

「今日はそんな態度が、いつまでつづくのかな……」

「でもそんなギャップが可愛いって思ってるくせに」

「トオルだってそうであろう？」

ライムのヒップをまじまじと眺めながら、好き勝手なことをいうエミリアと徹。

しかもそれが図星だとわかっているだけに、反論できない。

「それじゃあ、さっそくはじめようか」

ゴクリッと大きく喉を鳴らすと、徹はおもむろに尻肉へ手を伸ばす。そしてそのまま左右に開いて、中央にある窄まりを晒す。

「ひっ……な、なにをっ!?」

広げられたのは不浄の穴。

排泄の穴を見られる恥辱に体温が急上昇する。

徹だけでなく、好奇心に満ちたエミリアとパトリシアの視線も菊座を穿つ。最も恥ずべき場所を広げて露わにされるなど、かつてないほどの羞恥に苛まれる。

「と、トオル……まさかっ⁉」

「お尻に、なんてっ……！」

エミリアは子作りのセックスしか知らない。まさかお尻の窄まりを弄るような行為が存在するなど、想像だにしていなかったのだろう。そしてそれはパトリシアも同様で、口を開いたまま唖然としていた。

それでも関心はあるらしく、その瞳は爛々と輝いていた。

「気が強い娘はアナルが弱いなんて言うから、ライムにはピッタリなんじゃないかと思ってね……それに二人だって新しいプレイにも興味あるだろ？　まあ今後の勉強ってことで」

「き、貴様ぁ……」

相手が徹だけなら蹴り飛ばしているところだが、エミリアがアナルセックスに興味を示してしまった以上、受け入れるしかない。

小刻みに体が震える。

今まで誰にも触れられたことのない穴だということもあって、不安は拭えない。

ライムも知識として知ってはいるが、本来肛門は排泄を行う器官であってペニスを挿入する場所ではない。

徹の巨大な肉棒が本当に窄まりに納まるのか、考え出したらキリがなかった。

「ライムのお尻、綺麗だな……」

快楽へ期待に胸を膨らませながら、しげしげと広げた肛門を眺める徹。

ペニスは、すっかり反り返っており、挿入したくてうずうずしているようだ。

すると彼の指先が、盛り上がった股間を撫で上げた。

「んぁあっ⁉」

予期せぬ場所を触れられて、思わず小さく悲鳴を上げてしまった。

徹は構わず恥丘から割れ目に指を這わせる。

指先が淫裂に潜りこみ、さっそく潤いはじめた蜜が指に絡みつく。

「まずはこうやって……」

小声で呟きながら、徹は蜜を指で掬い取っては肛門の窄まりに淫液を塗りこむ。

「あっ、んぅ……くひぃ！」

腰が、ビクンッと派手に跳ね上がる。普段は刺激を受けない場所ということもあって、窄まりは信じられないほどに敏感だった。

軽く触れられただけだというのに、鋭い快感が背筋を駆け抜けていった。

指の腹が触れてそのまま滑るように刺激され、思わず体を仰け反らせてしまう。

そして反射的に刺激を受けた菊座がキュッと窄まる。

「すごい反応だな……」

「お尻って、気持ちいいものなのかな？」

アナルを弄られるライムの反応を、エミリアとパトリシアの二人は興味深そうに眺めている。徹も熱心な眼差しで入念に準備を整えていく。

こんな箇所を弄られて快感を覚えるなど、想像もしていなかった。

気持ちいいと、感じはじめていることを自覚させられる。それでも羞恥心を払拭できたわけではなく、顔を真っ赤にしながらピクピクと体を震わせた。

(私が、お尻で感じてるなんてっ……)

徹に弄られるたびに肛門が息づくように窄まり、ほぐすように皺に沿って指を這わせ、丁寧に揉んでいく。

「ライムのお尻の穴、ヒクヒクしているぞ？」

「いっ、いやですっ……言わないでください、エミリア様ぁ!?」

排泄器官を弄られて身悶える姿を見られていると思うと、どんどん体が熱くなる。

そこから生じる快感もじわじわと肥大化していき、徐々に理性を蝕みはじめる。

こういう時に限って強気な徹は、キュッと窄まる穴に指先を突き立てて、グリグリと内側への侵攻を開始する。

「もっと体の力を抜いて……」

突然の侵入者に強張るライム。

その気があろうがなかろうが、思わず力が入ってしまう。

「ひあぁぁっ……は、入ってきたぁ……指がっ、中にぃ……っ！」

ゆっくりと徹の指が窄まりを押し開いて中に押しこまれる。

ある程度挿入すると、周囲の腸壁をなぞるように動かす。

これまた未知の感覚に、ライムは堪らず腰を弾ませて喘いでしまう。

腸粘膜が擦られるたびに、確かな甘美感が背筋を震わせた。

むず痒いほどに疼きはじめる肛門。

指が埋没していくほどに、これがペニスだったらという期待感さえ覚えてしまう。

「う～ん、これくらいかな？　……俺もいい加減我慢できなくなってきたし」

窄まりをほぐしながら、辛抱堪らなくなった徹が呟いた。

「ほ、本当に入れるつもりなのか……っ」

徹は腸内から指を引き抜くと、勃起したペニスを手にして股間に添え、滲み出た淫蜜をペニス全体に塗りたくっていく。そしてよく濡らした肉棒を、尻肉の谷間に隠れている窄まりに当てる。

「大丈夫だ、ちゃんと解してあるから安心しろって」

「簡単に言うなっ……！」

一方的に排泄する器官に異物を押しこまれるというのに、平然としていられるはずはない。指で嬲られたことで、窄まりが疼きはじめているのはもはや否定できないが、やはり徹の長大な逸物を挿入されると思うと、不安で仕方がない。

「ライムなら素質あるから、本当に大丈夫だって」

「どういう意味――んひぁあああっ!?」

根拠のない理由を告げながら、徹がゆっくりと腰を押し出してきた。

狭い窄まりに、膨らんだ亀頭が食いこむ。

硬い肉棒によって窮屈な窄まりはめいっぱい広げられ、腸壁をこじ開けられる衝撃に全身を震わせて、ライムは快感とも苦悶とも取れる叫びを上げた。

わかっていたこととはいえ、今までの指など比較にならない。

まだ硬さの残る肉を押し広げて、肉棒が腸内を犯していく。

圧迫感が凄まじく、不慣れな穴は鈍い痛みを伴っていた。

「んぃいい……っ、あぁあああっ!!」

「こ、これがアナルの感触かっ……くぅっ、ライムっ……もう少し力を抜いてくれると、助かるんだけどっ！」

「ひぎぃ、んぐうぅぅっ……そんなこと、言われてもっ……んんぅっ！」

想像以上の息苦しさに、体が思い通りに動かない。

とにかく圧迫感に震える体を落ち着かせようと、何度も深呼吸を繰り返す。

そして、ある程度締めつけが緩んだ瞬間、徹は腰を一気に突き出してきた。

「ひゃぎぃっ!?　んあぁあああぁ……っ!!」

思いきり押しこまれた肉棒の衝撃に、ライムは唇を戦慄かせる。

「は、入ったぁ……っ」

肉感的なヒップに下腹を密着させながら、満足気に呟く徹。

窄まりは限界まで伸び広げられ、肉棒を根元まで呑みこんでいた。

腸壁から、熱い肉棒の温度がはっきりと伝わってくる。

「んうぁあっ……な、中でっ、んぐっ、あ、熱いのが震えて……っ！」

ペニスが脈動するたびに、その振動を受けてライムの体がピクッ、ピクッと跳ねる。

「こ、こんなに広がるものなのだな……」

「すごい……徹のオチ×ポ全部入っちゃった」

アナルへの挿入を見届けるまでは半信半疑だったのか、本当に感心したように驚きの声を上げるエミリアとパトリシア。

広がった窄まりを、食い入るように見つめている。

「動くからな……っ」

肛門でペニスを咥えこんでいる圧迫感と羞恥に苦悶していると、徹はこちらの返事を待たずに、ゆっくりと抽送を開始した。

大きく手を広げて尻肉をわしづかみにしながら、丁寧に動かす。

腸壁が肉棒に絡まり、密着している部分が引きずり出されるような錯覚さえ覚えた。

「きゃふっ、んんぅぅ！　なっ、なんでこんなっ……んぁあああっ！」

肉棒に引っ張られるかと思えば、再び肛内へと埋没する。

太く逞しいペニスに拡張された腸内は、ヒクヒクと痙攣を起こし、窄まりはキュッと収縮を繰り返して肉棒を締めつけた。

「そ、想像以上にきついんだな……んぉっ、グイグイ締めつけられるっ」

不規則なアナルの動きが、ますます徹を興奮させていく。

そして、息苦しささえ感じていたライムにも変化が表れていた。

（どうなってる……？　あれほど苦しかったはずなのに……むしろ――）

まだ慣れたわけではないが、それ以上の愉悦がこみ上げてくる。

気がつけば徹の太い肉棒の動きをも、すっかり受け入れていた。

腸粘膜はしごき上げるように肉棒に張りつき、肛門でギュッと締めつける。

「んはぁああっ！　あぅっ、んんんぅうっ……!!」

腸粘膜を摩擦されながら、あきらかな喘ぎ声が溢れる。

特に引き抜かれる際は排泄時の快感にも似た悦楽を伴い、全身が粟立つような愉悦が駆け抜けた。堪らず、うっとりとした熱い吐息を漏らしてしまうほどに。

挿入時の圧迫感こそ、それなりに感じるものの、それから引き抜かれる快感には体の力が抜けそうになる。

まるでその悦びを表すように、窄まりは息づいて収縮を繰り返す。

「ライムめ、そんな気持ちよさそうな声を出して……」

「うう……なんだかボクまで体が熱くなってきちゃったよぉ」

頬を紅潮させて、モジモジと内腿を擦り合わせるエミリアとパトリシア。

ライムの痴態を眺めているうちに、すっかり興奮してしまったらしい。

「はぁ、はっ……ずいぶん熟《こな》れてきたみたいだしっ、それじゃあ今度は二人も一緒に……するぞっ」

「んひゃうぅっ……!?」

徹はなにやら不穏当な言葉を口にすると、尻肉から手を放して腰をつかんだ。そして繋がったままライムの体を抱え上げ、先ほどパトリシアが気絶していた大きく平らな岩の上に仰向けになって騎乗位の体勢を取った。

「ほら、二人で仲良くライムのおっぱい苛めてやりなよっ」

「と、徹っ!?　お前というや――ぁあうんっ!!」

文句の一つを言おうとしても、下から突き上げられると喘ぎ声に変わってしまう。

「そうか……では遠慮なく、ライムを可愛がってみようか」

「さっきのお返しだよ……そしてまた徹に気持ちいいことしてもらうんだ」

「ほう、パトリシアも意外と貪欲なのだな」

「エミリアに言われたくないよっ」

そんなやり取りをしながら、徹の突き上げに合わせて踊るように弾む乳房に顔を寄せると、その先端でプックリと膨れている乳首を口に含んで吸引する。

「ひぁあっ!? ち、乳首までっ……ぁあんっ、ダメ、そんなっ……んぅうっ!! す、吸わないでぇ……きゃひっ!? え、エミリア様っ……乳首噛まないでくださいっ、ジンジン痺れてっ……はふぅうんっ!!」

プルンプルンと弾む乳房にかぶりつくように吸いつくパトリシアに、コリコリと軽く歯を立てるエミリア。

昂って敏感になっている突起への刺激に、ライムは体を激しくビクつかせて、甲高い叫びを響かせた。

「んちゅるっ……ライムもこんなにエッチだったなんて、知らなかったよぉ……ボク頑張るから、乳首もっと気持ちよくなってね……ぇろれろっ、ぢゅるるるっ！」

「くひぃぃ……そ、そんなに吸い立てるなぁあっ！ あひっ、ひぁううっ!!」

つい先ほどまで敵だったはずのパトリシアに、飴玉でも転がすように乳首を舐め上げられ、ゾクゾクとした快感に肌が粟立つ。

「ぉおおっ……！　乳首吸われたら、また一段と締めつけがぁ……！」

左右の乳首を弄ばれる快感に、肛門が忙しなく収縮運動し、咥えていた肉棒から生じる官能に、徹が呻いた。

「んはぁっ……ライムのお尻にトオルの太いチ×ポが何度も往復して……」

腸液まで滲ませながら、尻穴を出入りする男根をうっとりと見つめるエミリア。

「ふぅ、ふぅ……こ、こればっかりは順番だから、今はこれで我慢してくれっ……」

淫らに絡み合う三人を見上げながら、徹はライムの乳房に群がるエミリアとパトリシアの股間に手を伸ばして、熱く蕩けている淫裂に指を突き入れて掻き回す。

「ほぁあっ……!?　トオルの指がっ、マ×コにきて……んぁああっ！」

「うっ、んんっ……指っ、徹の指がぁ……！　気持ちいいよぉ、そこっ、もっとグリグリしてよぉおっ!!」

敏感なスポットを刺激されて、二人とも淫らな嬌声を迸らせて、ムッチリと肉付きのいいヒップを淫猥にくねらせる。膣内を指でほじられ、こみ上げてくる快感に甘ったるく喘ぎつつも、ライムの乳房への愛撫は忘れない。

そんな卑猥な空間に侵食されるように、ライムの理性もすっかり瓦解していった。

抜き差しされるたびに、壮絶な快感が襲ってくる。乳首への愛撫の効果もあってか、肉棒を押しこまれる際の多少の息苦しさなど、微塵も感じられなくなっていた。

「はぁ、あっ……二人にばかり任せるわけにはいかないよなっ……！」

「ふくぅうんっ！　んぉ、あっ……あぁぁっ、は、激しすぎるぅう!!　こんなっ、掻き回されつづけたらっ……なにも、考えられなくなって……んぉおおおっ!!」

悦楽に任せて叫ぶ。

鋭い刺激が全身を駆け巡り、突き上げられては体が大きく跳ね上がる。

浮かび上がっていた珠の汗が宙を舞い、周囲に飛び散った。

そして乳首を咥えるエミリアとパトリシアも、徹の指に酔いしれていく。

「ライムっ……はぁ、はっ、はっ……お尻で感じて、いやらしくてすごく綺麗だ！」

「んぃいいいっ!?　こ、こんな時にっ……お前という奴はぁあ、あぁあぁっ!!」

その言葉は麻薬のように、脳髄に浸透していく。

ヒップへと打ちつける腰の動きが加速して、喘ぎ声が悦楽に満ちていく。

うねるように波打つ腸内を貫く肉棒に、ライムはいっそう艶かしい声を上げて肛虐の愉悦に呑みこまれる。

淫らに喘ぎ、嬌声の声量が高くなるにつれて、肉棒が腸内で張っていくのがわかる。

「んはぁぁっ……あ、アナルセックスがっ、こんなに感じるなんてぇえっ……ひぐぅ、うぅぅんっ……んひぃっ、あぁあああっ!!」

腸内を出入りするペニスの抽送に陶酔するライムは、激しく喘ぎ、快楽にその表情を蕩けさせる。

徹の息遣いも間隔が短くなっていき、絶頂に向かって不浄の穴を穿ち、掻きむしっていく。

身も心も悦楽に支配され、頭の中もアナルを貫かれる官能でいっぱいになる。

「くぉっ、はぁ、はぁ……そ、そろそろ限界だっ！　だっ、射精《だ》すぞ！」

射精されるところを想像しただけで、体の芯から熱いモノがこみ上げてきた。

「ひうっ、あんんんぅっ……だ、出してぇ！　徹のっ、私のお尻の穴の中にぃい……このまたくさん出し——んはぁあっ!!」

激しく脈動する腸壁を擦られて、ライムはよがり狂う。

喘ぎ通しで大きく開いた唇からは、だらしなく涎が伝っていた。

もはや恥も外聞もあったものではない。

ただひたすら快楽に溺れる。

「ぷはっ……！　あぁああっ、余もっ、マ×コを指で弄られて、イッてしまうっ!!」

「んぐ、じゅぷっ……きゃふぅんっ！　ボクも、またきちゃうよぉ!!」

肛虐の悦楽に囚われすぎて、エミリアとパトリシアも同じように昂っていたことにまるで気づかなかった。

もう乳首に吸いついている余裕すらなく、淫声を張り上げながらライムの体に寄りかかってきた。

「ぐうぅ……っ、三人仲良くイッちゃえよぉ……！」

猛然とピストンを繰り返す徹。

荒々しい突き上げに、ライムはたちまち絶頂へと追いやられていく。

エミリアとパトリシアにもトドメとばかりに、指ではなく手をそのまま膣内へと押しこんだ。

「くひぃいいいいいっ!!」

「あぎっ、ひぉあああああっ!!」

獣さながらの咆哮を上げ、オーガズムを極めるエミリアとパトリシア。

そんな悲鳴じみた嬌声を聞きながら、ライムも絶頂へと昇りつめていく。

徹の肉棒が腸内で膨張し、大きく痙攣したと思った瞬間、熱く滾った欲望が一気に解放された。濁流のような精液が、直腸に充満する。

「おっ、ほぉおおおっ!?　あぁあああっ……で、出てる、出てるっ、精液がぁ！　体の中で、暴れ回ってるぅ!!　んぎっ、ふぃいいいっ!!」

甘美な衝撃は脳天まで突き抜け、ライムは瞳を見開いて悦楽に体を仰け反らせた。

限界以上に注ぎこまれた精液は、広がりきったと思われた括約筋をも押し退けて、一気に噴き出した。

ビチャビチャと、大量の白濁液が肛門から逆流していく。

「ど、どまらないぃ……お尻から、精液がぁぁ……んぁぁぁっ……！」

アナルセックスの強烈な絶頂感と、放水するように溢れ出す白濁液の解放感に酔いしれる。四肢が断続的に跳ね上がり、襲いくる余韻に身震いする。

「ひはっ……マ×コに手なんてぇぇ……」

「ま、またオシッコがぁ……ひぅ、んぅぅ、止まらないよぉ……」

かすかに耳に届く喘ぎ声。そこには、ほぼ同じタイミングで絶頂を迎えたエミリアが膣口から大量の潮を噴き、パトリシアがチョロチョロと黄金水を滴らせていた。

「はぁ、はぁ……はぁっ、無茶しすぎだ……ぁぁっ」

めくるめく快感に酔いしれ、四人は蕩けた微笑を浮かべながらその場に崩れ落ちていった。

Ⅴ　世界統一？　ボテ腹ハレーム

徹を介して魔王と勇者がお互いに滅ぼし合うのではなく、共存の道を選んだことで、大方の予想通り混乱を招いた。

エミリアたち魔王軍にはそれほど目立った動揺はなかったが、軍属ではない魔物たちはその限りではない。下手に魔王を刺激したくないと考えて、おとなしく従うものもいれば、思うままに行動する無法者も存在する。

そういった連中の取り締まりが、現状では主だった仕事となっている。

一方、魔族という存在そのものが悪だと考えている者も少なくない人間側は、パトリシアの心境の変化に大きく揺れた。

勇者と謳われ、人々に絶大な支持を受けていたパトリシアが共存を説いたが、それに真っ向から対立の異を唱えたのが、各国の国主たちだった。

人間は得体の知れない者、自分たちよりも力の強い者の存在を恐れるものである。特に権力者にはその傾向が強く、保守的な考え方をする人間が多い。簡単には変革を受け入れようとはしなかった。

国民もいきなりの共存説に難色を示し、素直に受け入れてくれた人間の数はそれほど多くはない。彼女の言葉を鵜呑みにはしないものの、これまでの名声から信じてもいいのかもしれないと、半信半疑の者が大半だった。

しかし、そんな国民の感情はあっという間にパトリシアに傾くこととなった。

それは魔界に迷いこんだ者や、魔界へ出兵したまま戻らなかった兵など、消息不明とされていた者たちが数多く現れ、魔王軍に助けられたと公表したのである。

こんなこともあろうかと、ライムは以前から迷い人や負傷して戦う意思のない者を城へ運ばせ、手当てを施すよう指示していたのである。

人間界に戻ることを希望した者は外界へ、魔族への認識を改めた者は、自ら進んで魔界に残ることを選んだ。

パトリシアの一件で、特に後者の人々が続々と人間界に戻ってきたのである。徹もそのことはまったく聞かされていなかった。

個々の戦闘能力に劣る人間は魔王軍には向かない。それでも恩義を感じた人間は使用人として、庭や城の外装の手入れ、掃除などに従事していたらしい。

万が一、従う振りをしてエミリアの首を狙う輩が現れるかもしれない、彼女の寝室一帯には近づけないようになっていたため、そこが主な行動範囲だった徹は彼らと遭遇することがなかったと、その時初めて聞かされた。

そうやって以前から先見の明を光らせ、このような事態を想定していたライムには感服させられた。

おかげで魔族＝人間の敵ではなく、魔物すべてが悪なのではないといった認識へと、徐々にシフトしていくことになる。

依然として、各国の国主は難色を示してはいるが、パトリシアを慕う国民感情を無視できなくなった国のいくつかはすでにエミリアと和平を結んでいる。

まだしばらく時間はかかるだろうが、いずれは各国が魔族との共存を前提に動いてくれるようになると、徹は信じている。

魔族側も、その身体能力を生かして大規模な自然災害に見舞われた地域での救命活動など、積極的に人間側への歩み寄りを見せていた。

そのなかでも張りきっているのがカーデスだった。

丸腰だからという理由でパトリシアに襲いかかるなど、色々と頭が残念な人物だが、先の一件で完全に戦意喪失してしまい、すっかりおとなしくなってしまった。

ところがある日、災害地域で救助活動中に偶然一人の男の子を助けると、屈託のない笑顔で感謝され、まるでカーデスを唯一無二のヒーローであるかのように尊敬の眼差しを向けてきた。その姿が網膜に焼きついて離れない彼は、徐々に自信を回復させていき、被災地へ赴いては真っ先に子供の救助を優先させるようになった。

単純なカーデスらしい行動ではあるが、それで積極的に救助活動に取り組もうというのだから別段問題はない。しかしどこかズレた思考は相変わらずで、どうすればもっと子供人気を獲得できるのかと、暇さえあれば頭を悩ませていた。

それでも平和的であることに変わりはなく、ある種微笑ましくも思えてしまう。

徹は、そんなカーデスに子供受けを狙うなら戦隊モノだと助言し、小さなお子様に大人気の特撮の趣旨などを説明。すると素直に魔王軍から気の合う魔物四人を選抜して戦隊を組み、決めポーズまで研究しはじめるという熱の入れようだった。

ところがそれは見事に大当たり。

今では災害地に関係なく、子供向けの出し物ということで、出演依頼が各地から寄せられるほどの大人気振りとなっていた。

おそらく彼が魔族のなかで人間との友好関係の向上に最も貢献していると言っても、過言ではない。

――そして、今回の騒動の発端となった徹の存在も、今ではすっかり世間に認知されるまでに至っていた。

当初は、精力くらいしか取り得のない一点特化型の徹が政に関わるなど、分不相応だとして自ら辞退し、彼女たちを陰ながら支えていくつもりだったのだが――

「んはぁ、ちゅっ、れろんっ……あぁ、チ×ポ、熱いなっ……じゅるるっ！」

「相も変わらず、凶悪なっ……んむっ、ちゅる、んぅ……」

「あぅ……エミリア、場所取りすぎだよぉ……！」

我先にと徹の前にひざまずいて、三人は屹立した肉棒に顔を寄せていた。

一本しかないペニスは、どうしても取り合うような形になってしまい、多少の窮屈さは否めない。それでも肉棒から漂う性臭にうっとりと瞳を潤ませながら、できる限り舌を伸ばして肉茎の表面をなぞっていく。

エミリアはさっそく亀頭にキスをすると、そのまま舐め回す。

ライムはできるだけ彼女の邪魔にならないよう、陰嚢を中心に舌を這わせる。

そして一足出遅れたパトリシアは、二人の間を縫うようにして唾液を塗していく。

三者三様に舌を押し当て、絡ませていた。

「ぉおおうっ……!?」

それぞれ違う動きでペニスを刺激される感触に、徹は腰を震わせてしまうほどの快感を覚える。

亀頭や雁首、陰嚢まで同時に責められ、際限なく欲情を駆り立てられる。

興奮を抑えきれない表情で、激しく求めてくる彼女たちの姿に、徹は肉棒をこれでもかというほど漲らせて応える。

ここまでなら、以前となんら変わりのない、気がつけば日常的な光景にまでなっている姿だ。しかし、エミリアとパトリシアの和解が成立してしばらくすると、ある変化が訪れていた。

「ぷはぁ……んぅ、トオルのチ×ポ、半年振りだからな……んちゅっ、れろれろっ」

「んっ……エミリア様、そんなに慌てなくても」

「そう言うライムだって……すごく熱心だよっ……やっぱり待ちきれないんだねっ」

争うようにペニスを舐める三人。

彼女たちは一糸纏わぬ姿で丹念に肉棒をしゃぶっているが、そのお腹は見事なほど丸々と膨らんでいた。

召喚されたその日からエミリアとは子作りに励むようになり、ライム、パトリシアとも関係を持つに至るまで半月とかからなかった。

それからほどなくして、エミリア・ライム・パトリシアの順に体調の変化が訪れ、彼女たちの妊娠が発覚した。

種馬として呼び出されたこともあり、パトリシアが加わってからも避妊など一切気にしていなかった。

当然と言えば当然の結果である。しかも妊娠した時期から逆算すると、初めての膣内射精ですでに妊娠が確定していた可能性があったらしい。

さすがは生殖能力に秀でているという理由だけで、この世界に召喚されただけのことはあると、徹自身驚きを隠せなかった。

そしてしばらくすれば、彼女たちのお腹は徐々に大きくなっていった。

この変革を迎えている時期に、その中心人物が懐妊したとなれば、世論の関心はどうしてもその相手に向いてしまう。

事情をある程度理解している魔王軍はともかく、民衆にとってカリスマ的存在であるパトリシアの相手が単なる性欲の塊では体裁上よろしくない。

そこで、半ば強引だと自覚しながらも、魔族と人間の争いを治めるべく神より遣わされた天の使者という設定で人々の前にその身を晒すことになった。

少しでも和平を結ぶきっかけを作った使者として、元の世界で起こった国家間での戦争、それによって引き起こされた悲劇など、学校の授業やＴＶの聞きかじり程度の知識ではあるが、それらを例に挙げてこの世界に同じ道を辿らせたくないと懸命に演説してみせた。

正直どこまで信用されているのかは定かではないが、エミリアとパトリシアの助力もあって、世論は着実に和平への道を歩んでいた。

「じゅずっ、んっ、ふあっ……トオル、どうしたのだ？」

「え？　あぁ……いや、ちょっと考え事を……」

「この状況でよくもっ……」

「久しぶりなんだし、もっとボクたちを見てよぉ」

恨めしそうに呟くライムとパトリシア。

フェラチオの最中に他事を考えられては、気分もよくないだろう。

「ご、ごめんごめん」

ハーレム状態になってからというもの、毎日昼夜問わず求め合っていたほどだったが、情勢が変わったことで仕事が増え、さらに妊娠が発覚してこれまでのように激しく欲望をぶつけるわけにはいかなくなっていた。

依然としてお腹は大きいもののようやく安定期を迎え、以前に比べれば仕事量も少なくなったので、久しぶりのセックスなのだ。

半年振りだというのに、徹が上の空では文句の一つも言いたくなるだろう。

謝罪の意味もこめて、彼女たちの髪を優しく撫でる。

「ふふ……そう簡単に許してやるものか。他事を考える余裕など与えないからな」

撫でられて、うっとりと目を細めてくれたと思った途端、ニヤリと悪戯っ子のような笑みを浮かべて、エミリアが再び亀頭に吸いついた。

ライムとパトリシアも、それに倣う。

「ちょっ!? ……んぁああっ！」

徹は思わず呻き声を上げて、その舌の感触に肉棒を震わせる。

各々が目の前の男根に夢中になっているだけで、その動きに統一感はない。

唇を吸いつけたり、忙しなく舌で舐め回したりと、好き勝手に蠢いている。

久しぶりということもあって、その快感は尋常なものではなかった。

熱心にザラつく粘膜を押しつけられて、どんどんペニスの震えが大きくなっていく。

何度体験していようとも、ハーレムという特殊な状況が、徹の興奮をいっそう昂らせていた。

「んっ、れろれろっ、んじゅっ……相変わらず凄まじいな……こんなに大きくパンパンに膨らませて……」

亀頭部分を占領しているエミリアは、妖艶な笑みを浮かべながら、亀頭から雁首の隅々までねっとりと舐め回していく。

「ボクだって、負けないんだからぁ……んんぅ」

出逢った当初はまったく知識もなかったとは思えないほど、今ではいやらしく舌を小刻みに動かしていくパトリシア。

「この睾丸のなかにあれほど大量の精液が作られているとは、未だに信じ難いな……

ちゅっ、ちゅぴっ、あむぅ……」

本人でも不思議に思える睾丸の感触を楽しみながら、ライムは陰嚢に舌を這わせ、時折口付けして吸い立ててくる。

肉棒は根元から先端に至るまで、余すところなく吸われ、舐め回される。

「んぉ……っ、くぅ、ううぅ……！」

三人の勢いが増した途端、下腹部の震えが加速していく。

他に意識を向ける余裕など、一切合財奪われてしまい、徹はいとも簡単に腰砕けになってしまった。

エミリアにライムにパトリシアも、徹の反応が嬉しいのかピチャピチャと卑猥な水音を立てながら肉棒を刺激する舌は激しさを増す。もっとも、久しぶりの淫行に最初から手心を加えるつもりなど毛頭なかったのだろう。

一秒でも早く射精させてしまいたい。

特濃の精液を味わいたい。そんな欲望が、容赦のない責めに繋がっていた。

肉棒はすっかり唾液でベトベトになり、滴っては床へと落ちていく。

「じゅるるるっ……はぁぁ、トオルのチ×ポ……汁がいっぱい出て、んぅっ、ちゅるっ……んちゅうぅ……んぱぁ、やはり美味いな……」

「だ、ダメだよぉ……んちゅっ、れろんっ……独り占めはぁ……！」

滴る粘液を目敏く啜りながら、パトリシアが呟く。

「エミリア様……少しはこちらにも回していただけると……」

鈴口から溢れ出るカウパー腺液の大半を、エミリアが飲みこんでしまい、少量しか味わえないパトリシアとライム。

特に睾丸や陰嚢を刺激しているライムのところまでは、ただでさえ少ないおこぼれをパトリシアが舐め取ってしまうため、ほとんど口にすることができていなかった。

それでも主に不満をそのままぶつけるのは気が引けるのか、小声で呟く程度だった。

「だ、ダメだろっ、エミリアぁあああっ！　……そんなに、吸ったらぁ……っ!!」

欲張る彼女を窘めようとしたものの〝いやだ〟と言わんばかりに、鈴口を吸引されてしまい、情けないほどの喘ぎ声を上げてしまう。

それでも動きを止めない三方向からの刺激に、徹は何度も跳ね上がる。

とても堪えられるものではなく、下半身の震える間隔が確実に短くなっていく。

こみ上げてくる射精衝動に、そろそろ抗えなくなってきた。

「じゅずっ、むはぁ……んっ、パンパンではないか……我慢などせずに、いっぱい出してしまえ……んれろっ」

「徹の精液ぃ……久しぶりだもん、いっぱい欲しいよぉ」

「んぅ、んむぅ……この程度で凋れたりはせんだろうに……我慢するな」

射精が間近に迫り、徹はその淫猥な口淫の前になす術もない。

三者三様に精液をねだられて、簡単に限界を迎えてしまう。

「でっ、出るぅ……っ、三人とも、射精《だ》すぞぉおっ……くぁああっ!!」

――ドルッ！　ビブルッ、ドビュリュリュリュリュリュ!!

徹が叫び、同時に激しく脈打った肉棒から、熱い精液が迸った。

「ひぶぅっ!!　んぐっ、んぁあああっ……あ、熱いぃぃ……」

大量の精液がエミリアの顔めがけて噴き出し、その熱さにうっとりと目を細めながら、口内に滴る独特の香りと、絡みつくような粘着質な感触に体を昂らせていく。

「はぅぅぅ……この感じ、久しぶりだよぉ」

放水さながらの勢いで吐き出された白濁液は盛大に飛び散り、パトリシアとライムの顔にも降り注いでいた。

滴る精液を指で掬って舐め取っては、恍惚とした表情を浮かべて熱い吐息を漏らす。

「相変わらず、すごいな……んっ、はぁ、んぅ……」

呆れたように呟きながらも、ようやく口にすることができた精液の味を噛みしめるライム。顔に付着した白濁液だけではなく、ペニスに滴る残滓まで競うように舐め取っていく。

顔中を白くコーティングされただけでは足らず、彼女たちはあっという間に肉棒を唾液まみれの姿に戻してしまった。

これだけではまだ足らないと言わんばかりに、瞳がギラついていた。

「はっ、はぁっ、はぁ、あぁぁ……さ、三人とも目が怖いって……」

射精感に身震いしながら、彼女たちの雰囲気に気圧されてしまう。

しかしまだ満足していないのは、徹も同じだった。

依然として勃起したままのペニスは、たった今射精したとは思えないほどに張っている。彼女たちの感触を味わうのは本当に久しぶりで、この程度で満足できるほど徹の欲望はおとなしいものではなかった。

「トオルぅ……余はもう我慢できない」

「ボク、オチン×ン舐めてたら体が疼いて、もう……」

「わ、私だって……」

三人とも、フェラチオですっかり興奮していた。

上目遣いで徹を見つめながら、モジモジと内腿を擦り合わせている。

「お、落ち着くんだ……一度には無理だって」

以前の徹には妄想することしかできなかった夢のハーレム生活に、股間へはどんどん血流が送りこまれていく。

辛抱堪らないのは徹も同じ。

誰が一番というわけではないが、最初に手を取ったのはエミリアだった。

「な、なんでぇ……」

「くっ……エミリア様が最初では……」

二人が不満の声を漏らすが、下手に揉めて長引けば、それだけ自分の番が回ってくるのが遅くなる。それを理解しているからこそ、異議を唱えようとはしなかった。

「やはりトオルは余を選んでくれるのだな……ふふっ」

微笑を浮かべ、頬を紅潮させながら徹の首に腕を回すエミリア。

「こらこら、二人を挑発しない」

最初に選ばれたことがよほど嬉しかったのか、徹を抱きしめながらパトリシアとライムに勝ち誇ったような視線を向ける。

背中に突き刺さる二人の視線が痛いが、これもハーレムの醍醐味だと割りきって、エミリアをベッドに横たわらせる。

「さあ、余ならいつでも準備できているぞ……」

大きなお腹を揺らしながら、挿入しやすいように大胆に股を開き、肉棒の感触だけですっかり興奮して濡れてしまった淫裂を見せつける。

さらに割れ目にしなやかな指を添え、くぱぁっと陰唇を開いて淫らに色づいた媚肉を晒し、少しでも早くペニスが欲しいと蠢いていた。

「……まったく、セックスなんて効率よく――なんて言ってたとは思えないな」

困ったように囁きながらも、そんなエミリアを夢中にさせたのは徹自身なのだと、思わず優越感を覚えてしまう。せっかく久しぶりに彼女たちを抱けるのだから、まずはじっくりと楽しみたかったのだが、状況を見る限り難しいだろう。

結局、促されるままにエミリアの淫液にまみれた蜜壺へと亀頭を押し当てる。太腿をガッチリとつかんで、ズブズブめりこませる。

充血した陰唇を押し割り、柔肉を掻き分けて埋没していく。

「ひぁああぁっ……！　んぅっ、きたぁ……ぁあっ、チ×ポきたぁ！　トオルのチ×ポ、久しぶりぃい!!　ひゃうっ……マ×コに入って、ぁああぁっ！」

たっぷりと潤った膣内は、難なく徹の肉棒を迎え入れた。

約半年振りの感触の悦びに打ち震え、エミリアは体を仰け反らせて歓喜に戦慄く。

腰を引けば、絡みつく襞が雁首によって擦られ、甲高い嬌声を上げる。

狂おしいほどにまとわりついてくる感覚に、徹の疼きも一気に加速する。

淫声を張り上げながら、ペニスを締めつけるエミリア。

待ち侘びていたのは徹も同じで、抑えきれない感情のままに腰を突きこんだ。

「グチュグチュだな、くぅ……もうこんなに濡らして……っ」

肉棒全体を締め上げる柔肉の感触に、呻き声が漏れる。

そしてあっさりと、亀頭の先端が最奥まで到達する。

蕩けた襞が吸着し、表面をなぞるように締めつけてくる。

うっとりとした瞳で徹を見上げながら、肉塊の感触を確かめるように収縮を繰り返す。テンポよく蠢く柔肉に、図らずもペニスが反応してしまう。

痺れる疼きが股間から脳髄に駆け抜け、徹は半ば反射的に腰を動かしはじめた。

快感に腰を震わせながら、根元まで挿入した肉棒を雁首の辺りまで引き抜く。

「きひぃぃっ！　ち、チ×ポに、引っ張られてっ……んぁ、あぅうっ、ビリビリして、マ×コが悦んでっ……ふぁあああっ!!」

悶えつつ、エミリアはさっそく自らも腰を振りはじめた。

徹も両脚を抱え直すと、柔らかく濡れそぼった膣内を往復する。

肉溝が盛り上がり、ペニスを咥えている花弁が捲れて淫液が掻き出され、シーツに大きな染みを作っていく。

膣内を捏ね回され、エミリアはいっそう昂った声で喘ぐ。絡みつく膣襞をもまとめて抉りこむように進むペニスの快感に、陶然とした面持ちを浮かべていた。

官能に酔いしれる様は、魔王としての威厳はまるで感じられない。それだけ徹のことを求めてくれているのだと、改めて実感する。全身を悩ましくくねらせて喘ぎながら、膣肉を蠢かせて肉棒を奥へ奥へと引きずりこんでいく。

「あうぅ……エミリアばっかりズルイよぉ！　ボクだってしてほしいのにぃ……」

「エミリア様の痴態を見せつけられて、我慢など……っ」

すると、我慢しきれない様子のパトリシアとライムが、やはり納得できないと左右の腕に抱きついてきた。

膣口に挿入されたペニスに切望の眼差しを向けながら、切なそうに呟く。

「お、おねだりされるのもいいけど……最初に順番って言ったろ？　今はこれで我慢してくれないか……？」

縋りついてくる二人に興奮しながらも、すでにエミリアを選んだ以上、彼女を満足させなければならない。徹は膣粘膜の感触を堪能しながら、詰め寄ってきたパトリシアとライムの豊満な乳房をそれぞれ片手でわしづかみにした。

「ひゃうっ⁉　あぁんっ、おっぱいモミモミされてるぅ！」

「ふぁぁ……っ！　胸で、こんなっ……んぁあっ！」

元々大きかった乳房が、妊娠によってさらにひとまわりほど大きくなっていた。

そんな重量感のある乳肉をつかみ、揉みしだくと、二人とも甘い悲鳴を上げた。

興奮して過敏になっているのか、指が埋没するたびに体を震わせる。

さっそく喘ぎ声を上げたパトリシアとライムは悩ましく身じろぎ、そのつど手の中の柔肉が弾んで至極の感触を伝えてくる。

「最高だ、最高の揉み応えだぁ……ミルクが詰まってるからパンパンだ」

エミリアを肉棒で貫きながら、パトリシアとライムの乳房を左右から揉みしだく。まさに極楽。男の理想郷がここにあった。

同じような大きさのたわわな乳肉でも、感触はそれぞれ異なる。

パトリシアは蕩けるような柔らかさと、手に吸いつくような揉み心地だが、ライムは張りがあり、適度な弾力が心地よい。

どちらが素晴らしいというわけではない。その違いもまた、おっぱいの魅力なのだ。

徹は左右の手に広がる感触を堪能しながら、存分に弄り回す。

「はうぅんっ……おっぱい気持ちいいよぉ！　ジンジンして、熱くなってきたぁ！」

「んぁ、はぁ、あぅ……か、体がお前の温もりを覚えて……ぁあああっ！」

淫らによがる二人に、徹のボルテージはさらに上昇していく。

「トオルぅ……そんな、二人の胸ばかり夢中になって……も、もっと激しくぅ、マ×コっ、マ×コも……はぁ、はぁ、もっと強く突いてくれぇえ！」

つい素敵な乳房の感触に陶酔していると、動きが緩慢になってしまったことで正面のエミリアが拗ねたように頬を膨らませていた。

「別に蔑ろにしてたわけじゃないんだけど……これで、許してくれないか……っ」

切なげな声を上げたエミリアに対して、徹は両脚を抱えられない分、下腹に力をこめて抽送を再開させる。

「んひぃいっ!? いひっ、ぅあああっ……響くっ、響いてぇ……チ×ポに奥を叩かれてっ、んぁ、ぁあんっ、すごい響くぅう!!」

亀頭が子宮口を小突くと、エミリアの口からさっそく嬌声が溢れ出し、クネクネと身悶えしながら甘い声で喘いだ。

結合部からは大量の淫液が漏れ出し、跳ねる腰に合わせて膣肉がうねる。

肉棒が絶え間なくしごかれて、徹も身震いを繰り返していた。

「うぐぅう……」

久方ぶりの膣内に徹の体が歓喜しており、肉棒の射精感が一気に募っていく。

正直、あまり保ちそうにはなかったが、それはエミリアも同じらしい。

以前から過敏な反応を示していた彼女だが、今日はひときわ感度がよい。

それでも多少はこの快感を長引かせたくて、歯を食いしばって腰に力を入れる。

乱れ狂うエミリアの嬌声と痴態に興奮しながら、徹は腰を突きこみ、ペニスで魔王様の膣粘膜を擦過していく。

「あふんっ、んぁああっ！ は、激しっ……チ×ポが、暴れてぇ……ぁああっ、ゴリゴリされてっ、マ×コ、マ×コ狂うぅ……ふあぁっ……あはぁあんっ!!」

狂乱するエミリアの体を、深く激しく貫いていく。

子宮口に亀頭を擦りつけ、膣襞を抉っては引っ張るようにピストンする。

大きなお腹を震わせながら嬌声を弾ませ、ますます激しく全身をのたうたせる。

徐々に切羽つまってきたのか、エミリアは喘ぎながらもしきりに腰を押しつけようとする。徹もそれに合わせるように漲る肉棒を、奥へ奥へと押しこむ。

快感を激しく揺さぶられて、艶めいた声を張り上げて昂っていく。

そして精液をねだるように、絡みついた膣襞はペニスの根元から搾り上げるようにしてしごいてくる。

徹も力強く腰を振って、膣内を掻き回しては子宮口を叩く。

悦楽に悶えるエミリアの艶姿に、彼女の求めるままに官能を送りこむ。

「ふいぃんっ！　すごいぃっ、ズンズンきてっ……あんんっ、チ×ポ……赤ちゃんいるのにぃ……ひぁっ、あぁああっ、チ×ポぉおお!!」

エミリアは肉棒を咥えこみながら、しきりにお尻を弾ませる。

ますますきつく締めつけながら、膣内を蹂躙されながらも責め返してくる。

股間がぶつかるたびに音が響き、結合部から溢れた淫液がその衝撃で舞い散る。

「あんっ、あぁ……オチン×ン、出たり入ったりしてぇ……グチュグチュって、すごいエッチな音してるぅ……」

「はぁ、はんぅ、エミリア様の、オマ×コっ……愛液があんなに……っ」

乳房への愛撫に身を震わせながらも、抽送が気になるパトリシアとライムは、出入りを繰り返してベトベトになったペニスを見つめながら、羨ましそうな声を漏らす。

それでもエミリアがはしたなく声を上げれば上げるほど、乳房から広がる甘美感に高揚して肉体を熱く火照らせていく。

それに呼応するように徹のペニスも忙しなく脈打ち、額から汗を滴らせながら手の跡がついてしまいそうなほど力強く、荒々しく揉みしだいていく。

「んあっ、あうぅ……余もおっぱいがっ、おっぱい疼いて、トオルに揉んでほしいっ……んひっ、はふぅうんっ！」

卑猥に形を変える二人の乳房に興奮したのか、蕩けた顔を徹に向けながら、自ら波打つ双乳を揉み捏ねていく。そして自らの愛撫によっていっそう昂り、蠕動する膣肉が徹の劣情をいっそう駆り立ててくる。

痺れるような快感に、肉棒が大きく跳ねる。膣内で暴れるペニスに触発されて、エミリアの背が反り返り、太腿が小刻みに震えだす。

掻き出される淫液は攪拌されて白く濁り、細かく泡立っていた。

射精が近いことを自覚しながら、エミリアと自身を追いこんでいく。

「きゃふぅうんっ!?　んひぃっ……チ×ポっ、チ×ポが今……マ×コの中でっ、あぁあっ、ふ、膨らんでっ……！　すごっ、あぉおおっ!!」

自分の心臓の鼓動が聞こえるほど激しく興奮し、こみ上げてくる劣情のままに、エミリアの熱くふやけた膣内に肉棒を突き入れ、最奥を揺さぶる。

「はっ、はっ、うくぅ……っ！」

強烈な快感が弾けて、視界に閃光が走る。

射精感に侵食されながら、徹は猛然と腰を振り立てる。

だらしのない表情で腰を淫猥にくねらせるエミリアと共に、絶頂を目指す。

「ひぐぅうっ！　さ、先っぽが、奥まで抉って……やぁんっ、チ×ポが、赤ちゃんまで届いてしまうぅぅ!!」

昂りっぱなしのエミリアは膨張したペニスに魅了され、甲高い嬌声を張り上げる。

そんな反応が嬉しくて、ラストスパートをかけて腰の動きを加速させた。

おびただしい量の淫液が溢れ、瑞々しい尻たぶを伝って染みを拡大させていく。

「そ、そろそろイキそうだぁ……っ！」

徹が顎を仰け反らせながら訴え、怒濤の勢いで抽送を繰り返す。

「んはあぁっ！　お、おっぱい感じるぅ……またっ、またおっぱいだけでイキそうなのぉ！　おっぱい熱くて、ミルク出ちゃうぅう!!」

「つ、強く搾りすぎだ……ぁああっ！　が、我慢できなっ……んぅううっ!!」

興奮に任せて、搾乳じみた手つきで乳房を揉みしだかれていたパトリシアとライムが、張りつめた乳房から母乳が溢れ出す予感に喘ぎ悶え、体を大きく震わせる。

「んあぁっ、あひぃぃ……き、気持ちよすぎて、おかしくなるぅっ！　チ×ポから、精液ぃ……熱いドロドロの精液っ、久しぶりのぉ……ふああぁんっ、おっぱいもっ、出るうぅぅ……もうっ、イクッ！　イクッ、我慢できないぃぃぃいっ!!」

派手によがる彼女たちから淫らな熱気が立ちこめて室内に充満し、湧き出す欲情に狂乱する。

徹はエミリアたちの淫声に満足しながら、左右の乳房を思いきり握り締め、埋めこんだ肉棒を限界近くまで突き入れ、膣内の最奥から膣口までを雁首で一気に掻き毟る。そしてその威容が抜け出た瞬間に灼熱の滾りを上方へと解放した。

――ドピュッ、ブビュビュビュッ！　ブビュルルルルッ!!

大きく弾ける肉棒から、白濁の精が噴水さながらに吐き出された。

「きゃひぃいいっ!!　き、きたぁ、精液きたぁあ！　んぉ、はおぉっ……いいっ、すごいぃ！　おっぱいもビリビリしてぇ、んぃいいいいいっ!!」

膣肉を強烈に擦られた瞬間、エミリアが背中を弓なりに反らせると同時に、豊満な乳房から大量の母乳が噴き上がった。

「ぼ、ボクも出ちゃうぅ！　おっぱい、ミルクぅう!!　あぁあっ、イクイクぅう!!」

「はぉおおっ……ぼ、母乳っ、止まらないぃ……ひぁあっ！」

エミリアを筆頭に、それぞれの乳房から勢いよく噴射され、空中で精液と交じり合い、飛沫が各々の体を白く染め上げていく。

肉棒からの灼熱の迸りと母乳の混合液を浴びて、三人はひときわ甲高い嬌声を上げながら身悶えする。

正面のエミリアにめがけて盛大に降り注ぐ白濁液から、かすかに甘い香りがした。

「しゅ、しゅごいぃっ！　はひっ、んひぃぃ……あ、熱い精液ぃ、こんなに浴びたら、おっぱいミルク、止まらないぃぃぃ……！」

「あぁぁ……おっぱい噴きながら、ドロドロの精液浴びるの気持ちいいよぉ……！」

「こ、こんな凄まじいもの、浴びせられたらっ……ふぁあああっ!!」

脈打つ肉棒と六つの素敵な乳房から、止めどなく白濁液が飛散して、絶頂に喘ぐ裸身をいっそう真っ白に染めていった。

生臭い精液と甘い乳汁の心地を味わいながら、三人とも淫猥な表情を晒して壮絶な絶頂を極め、徹も存分に射精を続けた。

「んぁあ、あひぃんっ……精液、いっぱいっ……んぶぅ、ぁ、あふぅぅ……」

エミリアは、ベットリと顔にこびりついた白濁液を呼吸ができる程度に舐め取ると、巨大な悦楽の波に呑まれた衝撃に脱力して、痙攣したまま動かなくなってしまった。

「はぁ、はぁ……え、エミリア？」

「ふぅ、ふぅ、はふぅぅ……気絶、しちゃったね」

エミリアは全身を白濁に汚しながら、恍惚な表情を浮かべて失神していた。

射精感の余韻に浸りつつ、その淫らな光景に思わず顔がにやけてしまう。

「ちょっと、やりすぎたか？」

「大丈夫だよ、久しぶりだから体が驚いちゃったんだよ。それよりも徹ぅ……」

胸板に頬を擦りつけながら、パトリシアが甘えるように縋ってきた。

彼女がなにを求めているのか、考えるまでもない。

「げ、元気だなぁ……」

「だってぇ、まだオマ×コしてもらってないんだもん」

まだ絶頂の余韻が残っているだろうに、早くも挿入をねだってくる。

「わ、私だって……っ!?」

「ダメだよぉ、次はボクなんだからね。早い者勝ちだよ」

勝ち誇るパトリシアに、一歩出遅れたライムが恨めしそうに口籠る。

「だから挑発するなっての……二人ともちゃんと満足させるから」

「だったら早く早くぅ……」

つい今し方、絶頂を迎えたとは思えないテンションで抱きついてくる。

タフな彼女に呆れたような表情を浮かべながらも、徹はパトリシアの手を取った。

☆

「どうしてわざわざここで？」

備え付けの浴室に入ると、パトリシアが不思議そうに首を傾げる。

「それはまぁ……だって、なあ？」

はっきり口にしていいものか、少々悩みながら隣のライムに振る。

「ここなら失禁しても後始末が楽だからだ」

オブラートに包むことなく、そのままズバリ言い放ってしまった。

「なっ……!?　ぼ、ボクはお漏らしなんて──」

〝しない〟とは断言できず、だんだん声量が小さくなっていく。

徹の精液でベットリと濡れたシーツに、いまさら彼女の小水が加わったところで特に問題はないような気もするが、場所を移すだけでも多少は気分が変化するものだ。

要は雰囲気である。女の子と一緒に入浴していると考えるだけで、妙に興奮する。

「ほ、ほらっ……せっかくエッチするのに、そんな顔するなって」

ライムに振ったのは徹の完全なミスだったが、機嫌を直してもらおうとパトリシアの体に手を這わせる。

柔らかい乳房から丸々と膨らんだお腹を撫でて、早々と股間の茂みに指を入れる。

「きゃひぃっ!?　と、徹ぅ……いきなりオマ×コにぃ、ふぁあんっ！」

じっくりパトリシアを責め立てるつもりだったのだが、淫裂に指を忍ばせた途端に大量の淫液が内腿を伝って滴り落ちていく。

「えっ……ぱ、パトリシア……？　もしかして――」

指を捻じこむと、ビクビクッと激しく腰を震わせて甘い叫びを上げた。

「あぁっ、あうぅぅん……！　ずっとオマ×コ疼いてたんだよぉ、おっぱいだけじゃ満足できなくて……オマ×コ触られたら、我慢できなくなっちゃってぇ」

とろんとした目つきで、徹にしなだれかかるパトリシア。どうやら淫裂に触れただけで達してしまったらしい。腕の中で、ピクピクと痙攣を繰り返していた。

「イッたな……それなら次は――」

「や、やだぁあっ！　ボクまだ、オチン×ンもらってないぃっ！」

駄々っ子のように、瞳を潤ませながら声を上げるパトリシア。そんな仕草も可愛く思えて、徹はライムに目配せすると、彼女も仕方ないといった様子で頷いてくれた。

「わかってるって……俺だって久しぶりで我慢できないんだ。イッた直後だからって、手加減できないからな……っ」

そう言って、徹はパトリシアの両膝に手をかけて抱え上げると、勃起している男根を一気に突き入れた。性欲の塊だと言われた徹が、この半年間セックスできずに自己処理するしかなかったのである。たった二度の射精程度では、萎えるどころかいっそう漲っては膣内を圧迫する。

「んんぃっ、あぉおおぉぅんっ!? ふほぉおっ、オチン×ンっ、オチン×ンがぁ……グリグリしてりゅぅぅ!! い、いきなり奥までぇ、んはぁああっ!!」

容赦なくめりこむ剛直の衝撃に、パトリシアは浅ましいほどの淫声を迸らせながら乱れ狂う。ほんの数十秒程前に絶頂を迎えた彼女の膣内は非常に敏感な状態になっていて、挿入直後から全力でピストンされる刺激に理性など吹き飛んでしまっていた。

猛々しい肉棒が柔襞を抉ると、パトリシアは獣じみた嬌声を上げる。

ドロドロに蕩けた襞がまとわりついて、痺れるような快感をもたらす。

久しぶりということもあってか、襲いくる快感が鋭く鮮烈で、最初から後先考えずに腰を振っていることを差し引いたとしても、そう長くは保ちそうになかった。

全身に官能が駆け巡り、その悦びを表すように乳房と大きなお腹が派手に揺れる。

「オチン×ンっ、オチン×ンがぁ……っ! んぁあああっ、奥までぇえっ! 子宮にいっぱい当たってるぅ……オマ×コ熱くてっ、すごいぃぃいっ!!」

快楽の虜となって官能の喘ぎ声と共に唇の端から涎を滴らせる。

押し広げられた膣肉が歓喜に震えながら、ギチギチと締まっては咥えこんだペニスから精を搾り取ろうとするように吸い上げてくる。

それでも徹は負けじと欲望を剝き出しにして、猛然と蜜壺を犯し抜いていく。

肉棒を捻るようにして子宮を擦ると、パトリシアはガクガクと全身を震わせる。

一突きごとに甘美な電流が背筋を駆け抜け、頭の中まで痺れてくる。

ペース配分など考えていない抽送に、早くも射精の影がちらつきはじめていた。

「あぁあっ、はうぅんっ！　子宮にジンジンくるぅ……オチン×ンいいぃ！　オマ×コ抉られるのもっ……ひにゃぁあっ、お、おっぱいまでぇえ!?」

「私の存在を忘れていないか……？」

すっかり蚊帳の外にされてしまい、ご機嫌斜めな様子のライムがパトリシアの背後から手を回して揺れる乳房をつかみ、乳首を親指と人差し指で摘んで捻り上げていた。

「んひっ、ひぅうん！　ち、乳首ぃ、やあぁ……摘んだらっ、乳首伸びちゃうぅ!!」

つい先ほど母乳を噴射し、充血しきってしこる突起を引き伸ばし、捻られては敏感に反応する勇者様は、引き攣ったような嬌声を溢れさせる。

「これほど簡単に感じるとは本当に淫らな乳房だな……っ。しかも肌は色白で染み一つない……くっ」

自身の褐色肌を気にしているのか、ライムは恨めしそうに呟きながら、乳首を摘む指先にさらなる力をこめていく。

「やっ、ひぃいっ！　ち、乳首ぃぃ……ダメっ、らめぇえ！」

パトリシアはライムの責めにも敏感に反応して、悩ましく肢体をくねらせて煩悶する。確実に、二度目の絶頂に向かって昇りつめていく。

それに気づいているライムは、興奮を募らせながら乳首を弄りつづける。

「んっ、イッってしまえ……今度こそ気を失ってしまうほどに……っ」

「ふぉおっ！　オマ×コグチャグチャにしゃれながらっ、おっぱいもぉおおっ！　やうぅっ、らめぇ……しょんなにされたらぁ、乳首っ、乳首取れちゃうぅぅ!!」

激しく頭を振って金色の髪を振り乱しながら、パトリシアは悦楽を叫ぶ。

加速度的に官能のボルテージが上昇し、射精感が迫ってくる。

パトリシアの声がさらに一オクターブ高くなった。

ライムに責め立てられ、はしたなく乱れる姿に肉棒もまた膨張する。

「んぁあっ、パトリシアぁっ！」

「徹っ、とおりゅぅ……っ！　んぃああっ、ふひぃいいいっ!!」

お互いに名前を呼び合いながら、共に昂っていく。

早くも下腹部との間に細い糸が架かるほどに濃厚な粘りを見せる淫蜜。

そんな粘液を弾き飛ばす勢いで、懸命に腰を振り立てながらパトリシアの蠢く膣内にペニスを穿ちつづける。

肉棒を包みこむ快楽に構うことなく、抽送のペースを一切緩めようとはしない。

「しゅ、しゅごいぃぃぃ！　オチン×ン、オチン×ンまだ大きくなってりゅぅぅ！　素敵ぃ……こんなに震えてっ、奥に、奥にきてるぅ……ひくぅぅうっ、んんぅっ!!」

待ちきれないというように膣肉がきつく収縮し、肉棒を搾り上げて切羽つまった声を上げる。紅潮した肌に、珠の汗が浮かんでは振動によって宙を舞う。

溢れ出る淫液は止めどなく滴り落ち、足元に卑猥な水溜りを作り上げていた。

徹も歯を食いしばりはするものの、早くも限界を迎えていた。

絶頂の解放感を求めて、狂ったようにペニスに絡みつく膣粘膜の前に、徹の理性も瓦解寸前の状態だった。

より強い快感を貪るように、性器同士を摩擦し合う。

先ほどのエミリアの際もそうだが、このまま膣内射精を迎えたいのが本音である。

しかし、妊娠前でもお腹が膨らんで見えるほど大量の精液を、身重な胎内で解き放つわけにもいかない。その程度の良識は持ち合わせているつもりである。

射精の瞬間を見計らって、引き抜くタイミングを推し量る。

「ああぁっ、イクっ、イッちゃうぅ……私イッちゃうぅ!!　おっぱいも、オマ×コも気持ちぃぃぃぃん!!」

限界まで膨張した亀頭が膣粘膜を容赦なく押し広げて、子宮を幾度となく叩く。

「ぱ、パトリシアばかり贔屓はっ……わ、私にもっ……！」

まだ一度も肉棒の感触を味わっていないライムが、嫉妬の声を上げる。

「ああっ、わかって……んぉっ、出るっ、出るぞぉっ！」

限界を迎え、ズンッと最後に力強い一突きを放つと、蕩ける膣内から瞬間的にペニスを引き抜き、抑えこんでいた欲望を解放した。

――ドピュピュッ！　ブビュクッ、ビュクビュクビュクッ!!

「ひぎぃいんっ!?　しぇ、しぇいえきぃいっ、かかって、んぉおぅ、イクッ、イグぅうっ！　んひぁあああああっ!!」

精液のシャワーを浴びながら、パトリシアは肉付きのいい体を大きく跳ねさせて悦楽の頂へと昇りつめる。全身を強張らせ、全力でしがみついてくる。

「んはぁぁ……また、熱い精液を浴びて……ふぁぁぁぁっ！」

ライムも白濁液の迸りを顔と手で受け止めて、その感触に熱い吐息を漏らす。

乱れ狂う痴態になおも興奮しながら、何度も肉棒を痙攣させてありったけの精液を放出していくと同時に、パトリシアは爪先を突っ張らせて絶頂に悶えながら、当初の予想通り派手に失禁していた。

「はぉおぉぉっ……おっぱいとオマ×コでイキながら、お漏らしぃ……！　ボク、またお漏らししちゃってりゅよぉぉ……っ！」

困惑したように叫びながらも、その顔には恍惚を浮かべ、荒い吐息を吐きながら余韻に浸っている姿があった。

その表情は、悦びに満ちた充足感が溢れていた。

精液で白く染め上げられた体と、床に広がったアンモニア臭の水溜りを交互に見やって、満足気に呟く徹。

「ふはぁ、はぁ、はふぅ、んっ……俺もパトリシアも、いっぱい出たな……っ」

絶頂の余韻に蕩けたパトリシアは、ぐったりと弛緩する。そんな彼女を優しく床に寝かせると、ライムが潤んだ瞳を揺らめかせて寄り添ってきた。

「お、おい……次は――」

「ふぅう、んっ……ああ、わかってるって」

物欲しそうな目をしているライムだが、他の二人とは違って羞恥心が先行していて、貪欲に前に出られないでいた。

そのお腹には徹との赤ちゃんがいるにもかかわらず、直接言葉にして求めるのは憚られるのか、もっぱら視線で訴えてくる。もう少し積極的になってくれてもいいような気もするが、そうやって恥ずかしがる仕草は妙に可愛らしく見える。

「あっ……!? な、なにをっ……！」

今度はライムを抱え上げると、ゆっくりと浴槽に身を沈める。

「お風呂のなかでするのも、一興だろ？」

「そ、そんなの……あぁあっ!?　あっ、ふぁああっ!!」

湯船に沈む腰を軽く持ち上げ、相変わらず無駄に元気なペニスの先端を淫裂に捻じこんで、徹は一気にライムの膣腔を貫いた。

すると途端に悦楽に陶酔した表情で、徹にしがみついてきた。

恥じらっていようとも、燻っていた欲望はあの二人と大差はない。ただでさえ久しぶりだったうえに、後回しにされていたのだから、その鬱憤は非常に大きいだろう。

「ぉおっ……！　ち、ちょっと締めすぎじゃないかな……っ？」

あっさりとスイッチが入ってしまったライムに興奮しながら、徹は再び全力で腰を突き上げる。猛る肉棒で淫蜜に満たされた膣内を穿つ。

「んぁああっ!?　い、いきなりそんなっ、激しくぅ……んふっ、うぅんんっ！」

バチャバチャとお湯が跳ねる音が響くと同時に、ライムが甘美な淫声を轟かせる。

熱く蕩けた媚肉がペニスを呑みこみ、亀頭がいとも簡単に最奥を捉えた。

徹は欲望の命じるままに腰を振り立てる。

敏感な子宮口を容赦なく抉られる甘美感に、ライムは肢体をくねらせて喘ぐ。

浴槽のお湯よりも熱く火照った粘膜が絡みついて、徹の心拍数も急上昇していく。

突かれるたびにキュッと締まる媚肉の感触に酔いながら、とにかく腰をぶつけて尻肉を弾ませるほどの抽送を繰り返す。そしてライムの耳元に顔を寄せると、ピクッ、ピクッと時折震える尖った耳の先をパクリと咥える。

「ひゃううっ!?　なっ、そこは……ひぁあっ！」

「はむっ……ん、れろっ……エルフ耳は敏感なんだよな?」

耳に舌を這わせながら小声で囁くと、ライムはそれだけで全身を小刻みに震わせる。

途端に喘ぎ声に艶が増し、可愛らしい声を上げる。

普段はつれない態度をとることが多い彼女が徐々におとなしくなるにつれて、ハイピッチで膣内を抉りこんでいく。容赦のない獣じみた腰使いに、ライムは背筋を仰け反らせて甲高い嬌声を張り上げる。

「んぁあっ……み、耳を舐められながらペニスで擦られるなんてぇ……っ！　んぃ、ひうぅ……壊れるっ、私、壊れるぅぅ……!!」

下からの突き上げに合わせて、ライムも自ら腰を振り下ろしてくる。湯船では確認できないが、雁首によって掻き出された淫液が、大量にお湯に溶けこんでいく。

小刻みに震える耳を舌で舐りつつ、徹は蠢く膣肉を掻き分けてうねる膣腔を貫く。

肉棒で穿ち、弾力のある子宮口を亀頭で抉りこむ。

まるで吸いこまれるような柔肉の動きに身震いして、湧き上がる快感に酔いしれる。

「……また派手にやっているな。余も一緒に楽しませてもらうぞ♪」

ようやく意識を取り戻したエミリアが、浴室入ってきてさも愉快そうに近づいてきた。その体にはベットリと先ほどの精液が付着しているにもかかわらず、構うことなく湯船に足を入れて隣に座る。

「い、一緒に楽しむって……」

小悪魔的な笑みを浮かべるエミリアを横目にしつつも、徹は下腹部に力をこめてぬかるむライムの蜜壺を果敢に責め立てる。そしてその反動で彼女の乳房とお腹がタプタプとはしたなく弾む。

「余だって、ライムと楽しみたいのだ。まだ中途半端に恥ずかしがってなかなかセックスしたいと言い出せない天邪鬼には……これくらいがちょうどいいだろう？」

ニヤニヤと薄ら笑みを浮かべ、さっそく激しい抽送に震える尻たぶに手を伸ばす。

「はぐぅっ!?　ひんぉおおっ……!!　んんんっ、そ、そこはぁっ、んぃいいっ!!」

エミリアが尻肉を左右に広げ、谷間の底にある窄まりに躊躇なく指を突き刺すと、ライムが目を見開いてビクンッ、と大きく仰け反った。

性感帯であるアナルと貫かれて、湧き起こる快感に膣粘膜が忙しなく収縮する。

「はうっ、くぅぅ……!?　い、一気にきつくなった……っ」

思わず顔を顰める徹の反応を見て、満足気に微笑むエミリア。

「やはりライムはお尻が敏感なのだな……嬉しそうに指を咥えている。本当にいやらしい娘だ……」

「あうぅっ、え、エミリア様ぁ……き、汚いですからっ、お尻なんて、ほじらないでくださっ……いひぃぃいいんっ!!」

「そうか？　とても悦んでるようにしか見えないのだが……？」

窄まりを弄られた途端、肉棒への締めつけはもとより、ますます獣じみた嬌声を漏らしていく。これまでも隠しようがないほどの痴態を晒しているのだから、もっと素直に徹のことを求めてくれてもよさそうなのだが、未だに意地を張ろうとするのだから大したものである。

（まあ、変に意地っ張りなところも、ライムの魅力なのは確かだよな）

しかし、そんな強がりを可愛いと思うのは徹だけではない。

エミリアは笑顔でお尻に刺した指を、腸内で曲げたり捻ったりと、一切遠慮しない。

淫裂とアナルに異物を押しこまれて、ライムの裸体が悩ましく痙攣する。

「はひぃぃいっ……！　やぁあっ……お、おひりがっ、お腹がぁあっ……おひぃぃいん!!」

膣内と腸内を同時に責められて、呂律が回らなくなっていく。

ウネウネと蠢く指の動きが、薄い肉壁を通して肉棒に伝わってくる。

徹もエミリアの肛虐に負けないように力を入れて、膣内を突き上げる。

前後から異物によって胎内を抉られて、ライムは上へ上へと腰を跳ね上げて戦慄く。

徹が下から引っ張るように、エミリアが上から押さえつけるようにして、逃げようとする腰を捕らえる。そして欲望のままに何度もペニスを打ちつけては、亀頭を膣襞に擦りつけるようにして引っ掻く。

エミリアの指と共に、熱く潤った媚肉を激しくしごき、貪るようにピストンする。

「ひやぁあんっ、ふ、二人でなんてっ……んぁあっ、こ、こんなっ、我慢れきなくっ……らめぇえええっ!!」

絶え間なく性感帯を責められ、いよいよライムの淫声に切迫した色が混じりだした。

もはやライムに肉棒の動きに合わせて腰をグラインドさせるだけの余裕はなく、前後の穴を同時に蹂躙される衝撃にガクガクと全身を激しく揺さぶる。

しかしその不規則な動きと膣粘膜の強烈な締めつけの相乗効果で、徹の肉棒も徐々に震えはじめ、息が詰まるような感覚に支配されつつあった。

止めどなく淫液を分泌させる膣腔は激しくうねり、締めつけながら肉棒全体をめまぐるしいほどにしごき上げてくる。

「はぁ、はぁ……そろそろ俺も、ヤバイかも……っ!」

湯船の水面を激しく波打たせ、射精に備える。

強烈な締めつけに徹はその衝動が先端近くまでこみ上げてきているのを感じた。

痙攣を繰り返しながらざわつく襞がペニスを這い回って、鋭利な快感が脳天まで駆け上がっていく。

「はひぁああっ……脈打ってるっ！　ペニスがなかれぇ……ゴリゴリッてっ、ぁあっ、あおぉおおんっ!!」

きつく締め上げられる膣肉。官能に打ち震えて激しく弾む。

腸内を弄りながらその痴態を眺めているエミリアも、肉棒に蹂躙されるライムの艶態に興奮していた。

「イッてしまえ。余にお尻ほじられながら、思いっきりな」

「あぉおっ……も、もう限界れすぅ！　エミリアしゃまにお尻いじらりぇてぇ……ペニスはめられながらっ、イッひゃいましゅぅうんっ!!」

膣と尻穴を弄られる悦楽に、ライムはだらしないほど蕩けて絶頂を宣言する。

卑猥な言葉を口にすることを躊躇い、恥じらいながら徹に視線を向けていたのが嘘のように、下品なほどに喘ぎ、愉悦に耽る。全身を震わせて官能の頂へと駆け上がっていくライムを追いかけるように、徹も射精に向けて荒々しく腰を振る。

執拗なほど膣襞を擦り、最奥に幾度となく亀頭をぶつける。

エミリアも興奮に任せて指を激しく前後に動かして抽送の真似事をする。

膣粘膜の締めつけと共に、その奥で蠢く指の感触に徹も射精感を抑えきれない。

「んぎっ……くぉぉ、だ、射精《だ》すぞぉっ!!」

押し寄せてくる射精感に抗えず、力いっぱい捻りこみ、弾けた。

――ドクンッ！　ブビュッ、ドクドクッ、ビュルルルッ!!

「くひぃいいいいっ!!　れ、れてるぅ……しぇいえきがっ、イグぅうんっ!!」

体を引き攣らせ、感電したように痙攣しながら甘美な絶叫を張り上げる。

徹は爪先までピンと反らして大量の精液をライムの胎内に放出してしまったが、慌てて彼女の体を持ち上げて強引に引き抜いた。そして残りの白濁液を大きなお腹めがけてぶちまける。

「んひぃぃ、ひふぅ……あっ、はぁ、はぁ……精液が、膣内にぃぃ……」

熱い精液を内と外で受け止め、だらしなく舌を伸ばして涎を垂らし、窄まりにエミリアの指を咥えこんだまま絶頂の余韻に陶酔する。

凄まじい快楽に理性など残っていない様子で、ガクッと崩れ落ちた。

「はぁ、はぁ、はぁ……さすがにちょっと……」

次々と美少女から求められるのは望むところである。

伊達に種馬としてこの世界に召喚されたわけではないのだ。

四回の射精程度で萎えることはなく、徹のペニスは俄然隆々とそそり立っている。

あえて問題点を挙げるとすれば、性欲ではなく体力面で彼女たちに追いつけない。

魔王だの勇者だのと、並外れた体力の持ち主である彼女たちは、回復も早い。

放心状態のライムを抱きとめながら、湯船で小休止。するつもりだったのだが――

「なぁ、トオル……」

モジモジと、豊満な乳肉を腕に押しつけながら懇願するようににじり寄ってくるエミリア。そして彼女の手は徹の股間を撫で摩っていた。

ただでさえ半年というブランクがあったおかげで、その時間を埋めるように休む暇さえ惜しいと、はっきりと伝わってくる。

「ぼ、ボクもぉ……」

すぐ傍で精液まみれになって寝そべっていたパトリシアも、ゆっくりと起き上がっては徹の股間に視線を向ける。

「本当に、揃いも揃って底なしだなぁ……」

乾いた笑い声が響くも、それが艶かしい喘ぎ声に覆い尽くされるまで時間はかからなかった。そして浴室から解放された頃には、すでに翌日の朝日を迎えていた。

（体力、つけないとな……ハーレムも楽じゃないなぁ）

徹は自分の精液が乾いてカピカピになったベッドにも構うことなく、そのまま倒れこむと、泥のように眠りに落ちた。

エンディング　魔王とラブラブ

徹がこの世界へやって来て早一年が経過していた。

種馬のスケベ根性によって世界に大きな変革がもたらされ、当初は混乱や争いなど問題も山積みだったが、当人たちの指導力もあってか驚くほどとんとん拍子で終息に向かっていた。

難色を示していた国主たちも、すでに過半数が世論の勢いに圧されて和平を締結。

魔王軍に属していなかった魔物たちも、下手に問題を起こせばエミリアを筆頭に化け物じみた戦闘能力を有する治安部隊に粛清されることを恐れて、滅多なことでは人間を襲わなくなっていた。

しかし、これで戦いが終わりというわけではなかった。

これまで争いを繰り返してきた二つの種族の共存。

お互いに手を取り合う公平な政治という〝戦い〟が待っていた。

ひとまず和平の象徴として、人間界と魔界の中間に位置する場所に城を建造し、そこへエミリアとパトリシアが移って異種族が交わる街を造り上げた。

魔王と勇者が治める地となれば、自然と人も魔物も集まってくる。

早くも名実共に世界の中心と呼べる国にまで成長しつつあった。

ところが、喜んでばかりもいられない。

人口が多いということは、それだけ揉め事など、処理しなければならない政務が増えるということでもある。

神の遣いという肩書きを持つ徹がそれらを傍観するわけにはいかず、すっかり政務に忙殺されることになってしまった。

街を大きくするための治水工事や、商業発展のための街道の整備など、徹が指揮を取る案件は意外と多い。

歴史の授業などで覚えた内容を参考に、立案・有意性などを提示していくうちに、すっかりこの国の政策を一手に任されることになってしまったのだ。

授業などあまり真面目に聞いていなかったのだが、その時初めて勉学の有用性を思い知らされた。

どうせ役に立たないだろうと考えていた自分が愚かしく思えるほどに。

それでも激務だったのは最初だけで、ライムをはじめとして優秀な人材が揃ってきたおかげで徹の負担も相当軽いものになっていた。

しかし、徹にとっての戦いとはそれだけではなかった。

「…………」

中庭で使用人の腕に抱かれながら、二階の窓際に立つ徹に向かってキャッキャッと笑い声を上げる赤ん坊がいた。そして、同じように乳児を抱えて日向ぼっこをしているパトリシアとライムの姿もあった。

三人とも、徹の子供たちである。

種馬として召喚されただけあって、徹は自分が規格外の繁殖能力を有していることを、改めて自覚させられた。

魔力の強い女性は妊娠の確率が低いと聞いていたにもかかわらず、まだ乳離れもできていない赤ん坊をあやしている二人のお腹に、まだほんのわずかではあるが膨らみが確認できる。

出産後間もない彼女たちに膣内射精を行った結果だった。

この調子では近い将来、とんでもない大所帯になりそうな勢いだ。

きちんと避妊をすればいいのだが、膣内射精をせがまれると抗えない意志の弱さを克服しない限り、半永久的に兄弟が増え続けるだろう。

笑みを浮かべる赤ちゃんを眺めながら、あの子たちが笑って暮らせる国造りを——と改めて誓う一方で、依然として欲望に抗えない自分に頭を抱えたくもなる。

まさに今、この瞬間が最たる例だった。

窓際に立っている徹の正面にはエミリアの背中があり、中庭で使用人に抱えられている自分の赤ん坊に手を振ってみせる。

ここだけ見れば、母子の微笑ましいワンシーンである。

しかし、徹が視線を外ではなく真下に向けると——

「んんっ、トオル……体が、揺れてしまいそうだ……ふぁ、ぁっ」

視線は中庭の赤ん坊に向けたまま、艶かしい声を漏らすエミリア。

スカートが捲れて露わになった瑞々しい桃尻を揺すっていた。

「そ、そう言われても、加減がなかなか……っ」

返事に困りながら、しっとりと汗ばんでいる尻たぶをわしづかみにしながら、股間の中央に息づく割れ目に隆々と勃起した肉棒が、見事なほど突き刺さっていた。

事の発端は十数分ほど前、最近は政務も落ち着いてお互いに時間の余裕ができるようになり、仕事を終えてエミリアとティータイムと洒落こんでいた——はずだったのだが、会話の内容が次第に出逢ったばかりの頃の話になり、当時は毎日激しく求め合う時間があっただのと話していたら、身勝手な息子が勝手に起き上がってズボンを押し上げてしまった。

それを目敏く見つけたエミリアが『たまには二人きりで……』と妖艶に迫ってきたものだから、紙切れ程度の強度しか持たない徹の自制心はあっさりと崩壊。獣のように彼女の体を弄った。そしてなにも考えずに窓際に体を寄せたところ、中庭にいた我が子に発見されてしまったのである。

幸い窓の位置が高く、胸をはだけていなかったこともあり、二人が繋がっていることには気づかれていない。急いで肉棒を引き抜けばいいものを、すっかり高ぶってしまった徹は離れることができなかった。

「あぁ、んっ……は、激しくされたらっ、気づかれてしまう、かも……」

困惑したように呟きながらも、エミリアもペニスを放さないとばかりに膣肉をきつく窄めて食い締めてくる。腰を引こうとすれば、自らも腰を引いてくる。

お互いに欲求不満なのか、体が離れることを拒んでいた。

窓枠に上体をもたれさせて、どうにか平静を装ってはいるものの、ペニスを根元まで咥えこんでいる下半身は、快感に打ち震えてカクカクと揺れていた。

見つかってしまうかもしれないというスリルがそうさせるのか、膣口の締めつけは絶頂時のそれに引けを取らないほど強烈なものだった。

「で、できるだけ、ゆっくりするぞ……っ」

さっそく滲み出してきた射精感に、徹の腰が自然と動いてしまう。

「やはぁっ、やぁ、声がっ……チ×ポで擦られたら、我慢などっ……」

ストロークを大きくできなくて、ついズンッと強く腰を押し出して膣腔粘膜を貫いてしまう。

エミリアは敏感に反応しては、蕩けるような淫声をこぼす。

「多少なら、大丈夫……だと思う」

正直自信はないが、この二階の窓際から中庭までは数メートル離れている。

小声程度ならば、おそらく問題はないだろう。

しかしながら、我が子を目の前にして徹とエミリアは堂々と姿を晒しつつ、大胆にも淫行に及ぶなど、とんでもない親だという自覚はあるが、その背徳的な行為がエミリアに壮大な羞恥と興奮を与えていた。

「ダメだっ……き、気持ちよすぎて……マ×コ、感じすぎてしまうぅ」

官能に戦慄くエミリア。子供の手前、平静を装ってはいるものの、瞳は淫蕩に潤んで頬は紅潮し、唇の震えが顕著になってきた。

「その割には、ギュウギュウ締めつけて放そうとしてくれないけど？」

「あ、あの子が見ているのにっ……こんなところでマ×コ出して、チ×ポ咥えてるの、見られそうになって……んっ、はぅあぁっ」

肉棒に喘ぐ淫らな姿に、高揚していくエミリア。

小刻みなピストン運動を繰り返しながらも、着実に愉悦を送りこんでくるペニスの圧迫感に、彼女の体がビクッ、ビクッと断続的に跳ねる。

蠢く膣肉が埋没した肉棒にまとわりついてくる。

背を仰け反らせたり、激しくよがり狂えない代わりに、堪えた分だけ結合部から大量の淫液が滴り落ちていく。ビチャビチャと、まるで失禁してしまったような速度で、足元に水溜りを作り上げてしまう。

「んぃぃぃ……っ！　気づかれたら困るのにっ……どうしても止められないぃっ」

「ふぅ、ふぅぅ……なんてエッチなお母さんなんだ……」

まるでエミリアが求めてくるから止められないと、責任転嫁するようにからかいながら、小刻みでありながら激しい抽送を繰り出す。

徹もどんどんヒートアップしていき、剛直で膣内を掻き回していくと、白く泡立った淫液が内腿を伝うようになる。

「あっ、あぁ……と、トオルがこんな体にしたのではないかぁ……なにも知らなかった余が、もうトオルなしでは生きていけない体にぃ……っ」

剝き出しの下半身をくねらせながら、一歩、また一歩と昇りつめていくエミリア。

すっかり官能の虜になってしまった膣口が、精液を求めるように猛烈な力で締め上げてくる。

「元々エミリアがそれだけエッチだったんだよ……ほら、オマ×コがキュンキュン締まって悦んでるし……っ」

断続的に全身を震わせながら熱っぽく喘ぐエミリアに息が詰まる。

徹もいよいよもって絶頂が近づいてきた。

「ほぁぁぁっ！　チ×ポ、すごいっ……あんっ、マ×コ、イクッ……あの子の前で、徹のチ×ポにイカされてしまうぅぅ!!」

甘美感に包まれながら、絶頂が近づいていることを漏らすエミリア。

理性の壁が子供の前で甲高い嬌声を上げないように、ギリギリのところで持ちこたえさせてはいるものの、下手に長引かせるとそれが決壊して悲鳴じみた淫声を迸らせてしまうかもしれない。さすがに徹でもそのくらいは理解できる。

内心では、たまにならこんなスリルのなかでエッチするのも——などと一瞬邪な考えが過ぎるが、どうにか全力で打ち消す。

「くっ……俺も射精《で》そうだからっ……もうっ」

いい加減このあたりで終わらせなければ、赤ん坊はともかく、パトリシアたちは不審に思うかもしれない。徹も射精衝動に任せて熱く火照る膣内をゴリゴリと擦り上げては、エミリアを悦楽の極みへと追いこんでいく。

「んひぃっ……!?　チ×ポ、ビクビク震えてぇ……」

射精に向けて大きく膨れ上がったペニスの感触に、嬉しそうな声を上げる。

絶頂への期待感に肢体を震わせながら、膣肉が精液を求めるように蠕動し、尻肉を徹の股間に押しつけてくる。

「あふぁあっ、このまま射精するのだなぁ……！　子種、また子宮にいっぱいぃっ！」

「お、おうっ……射精すぞっ！」

大きく息を吸いこんで、振り幅が短いながらも全力で子宮に亀頭をめりこませると同時に、たっぷりの精液を子宮に注ぎこんだ。

「きひぃいいいっ!!　せ、精液きたぁっ、ドクドクって、子宮にぃいいんっ!!」

ひときわ大きく体を跳ね上げ、一欠片でも残っていた理性が働いて、慌てて口元を押さえて張り上げそうになった嬌声を幾分か抑えこんだ。

悦楽に肩を震わせながら、子宮に満ちた白濁液の感触に悶え、入りきらない分は膣口から噴き出して足元を白く染めていく。

「い、イッてしまったぁ……んっ、余は、はぁ、はぁぁんっ……あの子の妹か弟を授かっている子宮にぃ、新しい子種注がれてぇぇぇ……」

痙攣して崩れ落ちそうになる体を、窓枠に腕をかけてどうにか支えている。

赤ん坊は依然としてこちらを見つめながら、屈託のない笑みを浮かべていた。

徹とエミリアは壮絶な絶頂感の余韻に浸りながら、熱い吐息を漏らす。

「はぁ、はぁ、はぁ……な、なんとか、バレずにすんだなぁ……」

「んぅ……と、トオルが無茶をするから、危ないところだったではないか……」

しばらくどちらが悪いのか言い合いながらも、お互いに自然と笑みがこぼれる。

「一時はどうなることかと思ったけど、元の世界に帰れなくても充分幸せだよ、俺は」

「ん？　なにを言っておるのだトオルは……戻れるぞ」

「……は？」

徹の言葉を聞いて、キョトンとしたエミリアの口から爆弾発言が飛び出した。

すると徹が驚きの声を上げるよりも先に、勢いよく扉が開け放たれて驚愕するパトリシアとライムが飛びこんできた。

「えぇえぇえっ!?」

「むっ……やはり二人の目は誤魔化せなかったか」

いくら我慢していたとはいえ、彼女たちには気づかれても仕方がないといったように、肩を竦めるエミリア。しかし、二人が驚いているのはそこではない。そしてそれは徹も同様だった。

「戻れるのか、元の世界に……？」

「余の力を持ってすれば、それほど難しくないが……やはり、戻りたいのか？」

一瞬、エミリアの表情が曇る。

「いや、帰りたいわけじゃなくて……行方不明だと親とか心配するだろうし、せめて元気でやってるって安心させておきたいんだよ」

両親は一年間海外赴任しているとはいえ、そろそろ帰っている頃だし、近所ではすでに騒ぎになっている可能性だってある。

「あ……そういうことだったのか」

「でもなぁ～、なんて説明すればいいんだか……」

さすがに異世界に召喚されて、子作りしてましたと言うわけにもいかない。第一、そんな非現実的な説明で、納得してくれるとは思えない。

「……それなら、ライムを連れていけ」

「ライムを？　なんで？」

「この一年間、トオルはいつも通りに生活していたと魔力で暗示をかけるのだ。そうすれば、下手に騒がれることもなかろう」

ライムに視線を向けると、彼女もため息混じりに頷いてくれた。

親を騙すような形になってしまうが、事情が事情である。意外なほど簡単に見つかった解決策に、ホッと胸を撫で下ろしたのも束の間——

「それじゃあ、この話はここで終わりだよね」

話を切り替えると、青筋を浮かべるパトリシアとライムに肩をつかまれた。

「憂いもなくなったところで、我々のことも可愛がってくれるんだろう？」

「……え？」

ドス黒いオーラを身に纏いながら、肩をギリギリを握り締めてくる。

まさかの帰れる発言に驚いて忘れていたが、彼女たちはエミリアとの情事に気づいて駆けこんできたのである。

「エミリアはよくて、ボクたちはしてくれないのかな？」

「お、俺が二人を蔑ろにするはずないじゃないかぁ……」

二人に気圧されて、滝のような冷や汗を流す徹。

エミリアに抜け駆けされたことで、相当気が立っているらしい。

これは逃げられないと、徹の危機管理センサーが警鐘を鳴り散していた。

「二人が終わったら、次はまた余の番だからな」

なに食わぬ顔で、まだつづける気満々のエミリア。

結局この日、夕刻から明け方まで、城内では獣じみていながらも艶かしい咆哮が絶えることがなかったという。

えすかれ
美少女文庫
FRANCE SHOIN

魔王《まおう》と子《こ》づくり♥

著者／山口 陽（やまぐち・あきら）
挿絵／あいざわひろし
発行所／株式会社フランス書院
〒102-0072 東京都千代田区飯田橋 3-3-1
電話（営業）03-5226-5744
（編集）03-5226-5741
URL http://www.bishojobunko.jp

印刷／誠宏印刷
製本／宮田製本

ISBN978-4-8296-5972-4 C0193

美少女文庫
FRANCE SHOIN

◆◇◆ 好評発売中！◆◇◆